COLLECTION FOLIO

Jorge Luis Borges

Le rapport de Brodie

Traduit de l'espagnol (Argentine)
par Françoise Rosset,
révisé par Jean Pierre Bernès

NOUVELLE ÉDITION

Gallimard

Titre original :
EL INFORME DE BRODIE

Né en 1899 à Buenos Aires, Jorge Luis Borges est mort à Genève le 14 juin 1986. Après des études secondaires en Suisse, où la Grande Guerre le surprend avec sa famille, il s'installe en Espagne où il adhère au mouvement ultraïste. Dès son retour en Argentine, il fonde une revue et, en 1923, publie son premier recueil de poèmes.

En 1938, après la mort de son père, il accepte un emploi dans une bibliothèque municipale de la banlieue de Buenos Aires. Huit ans plus tard, il perd son poste. La chute du gouvernement péroniste en 1955 lui permet d'être nommé directeur de la Bibliothèque nationale et professeur à la faculté des lettres. Il est élu membre de l'Académie argentine des lettres, voyage fréquemment aux États-Unis, en Europe, au Japon où il donne de nombreuses conférences et dirige des séminaires d'études.

Conteur, essayiste, il est reconnu comme l'un des maîtres de la littérature du XXe siècle. Toute son œuvre est maintenant traduite en langue française et ses recueils de nouvelles – *Fictions, L'Aleph, Le livre de sable* – ainsi que ses livres de poèmes et ses essais – *Discussion, Enquêtes* – s'inscrivent déjà comme des classiques dans la littérature contemporaine.

PRÉFACE

Les derniers récits de Kipling n'étaient pas moins labyrinthiques et angoissants que ceux de Kafka ou ceux de James et ils leur sont, sans aucun doute, supérieurs ; mais à Lahore, en 1885, Kipling avait entrepris la rédaction d'une série de brefs récits, écrits très simplement, qu'il devait réunir dans un recueil en 1890. Beaucoup d'entre eux – *In the House of Suddhoo, Beyond the Pale, The Gate of the Hundred Sorrows* – sont des chefs-d'œuvre laconiques ; je me suis dit un jour que ce qu'avait conçu et réalisé un jeune homme de génie pouvait, sans outrecuidance, être imité par un homme parvenu au seuil de la vieillesse et qui connaît son métier. Le présent volume, que mes lecteurs jugeront, est le fruit de cette réflexion.

J'ai tenté, je ne sais avec quel bonheur, d'écrire mes contes de la façon la plus simple. Je n'ose affirmer qu'ils le sont ; il n'y a pas sur terre une seule page ni un seul mot qui le soient, étant donné que tous postulent l'univers, dont l'attribut le plus notoire est la complexité. Je tiens seulement à préciser que je ne suis pas et n'ai jamais été ce qu'on appelait autrefois un conteur de fables, ou un prêcheur de paraboles, et qu'on nomme aujourd'hui un écrivain engagé. Je n'ai pas la prétention d'être Ésope. Mes contes, comme ceux des *Mille et Une Nuits*, cherchent à distraire ou à émouvoir, et non à persuader. Un tel but ne doit pas laisser supposer que je cherche à m'enfermer, pour reprendre l'image salomonique, dans une tour d'ivoire.

Mes convictions, sur le plan politique, sont bien connues ; j'ai adhéré au parti conservateur, ce qui est une façon d'être sceptique, et personne n'a pu m'accuser d'être communiste, nationaliste, antisémite, partisan de Fourmi Noire ou de Rosas. Je crois qu'avec le temps nous mériterons qu'il n'y ait plus de gouvernements. Je n'ai jamais caché mes opinions, même durant les années difficiles, mais je ne les ai pas laissées intervenir dans mon œuvre littéraire, sauf quand j'y ai été poussé par mon exaltation pendant la guerre des Six Jours. L'exercice des lettres est mystérieux ; ce que nous pensons est éphémère et j'opte pour la thèse platonicienne de la Muse et non pour celle d'Edgar Poe qui crut, ou feignit de croire, que l'écriture d'un poème est une opération de l'intelligence. Je ne vois pas sans surprise les classiques défendre une thèse romantique et un poète romantique une thèse classique.

En dehors du texte qui donne son titre au recueil, et qui s'inspire manifestement du dernier voyage entrepris par Lemuel Gulliver, mes contes sont réalistes, pour employer une terminologie en vogue aujourd'hui. Ils se plient, je crois, à toutes les règles d'un genre qui n'est guère moins conventionnel que les autres et dont nous nous lasserons vite, si ce n'est déjà fait. Ils ont maintes fois recours à l'invention souhaitée de faits circonstanciels, comme il en existe de si beaux exemples dans la ballade anglo-saxonne de Maldon, qui date du Xe siècle, et dans les sagas islandaises, plus tardives.

Deux récits – je ne dirai pas lesquels – autorisent une même interprétation fantastique. Le lecteur attentif y décèlera certaines affinités secrètes. Je n'ai été sollicité tout au long de ma vie que par un nombre restreint de sujets ; je suis décidément monotone.

C'est à un rêve de Hugo Rodríguez Moroni que je dois le thème principal de l'histoire intitulée « L'Évangile selon Marc », la meilleure du recueil ; mais je crains de l'avoir abîmée par les changements que mon imagination ou ma raison jugèrent nécessaires. La littérature, du reste, n'est rien d'autre qu'un rêve dirigé.

J'ai renoncé aux surprises d'un style baroque, à celles également que prétend ménager un dénouement imprévu. En somme, j'ai préféré faire naître une attente plutôt qu'un étonnement. Durant de nombreuses années j'ai cru que je parviendrais à embellir une page par le recours à des variations ou à des effets nouveaux ; aujourd'hui, à soixante-dix ans passés, je crois avoir trouvé ma voix. Aucun changement de mots ne viendra abîmer ni améliorer ce que je dicte, sauf quand il s'agira d'alléger une phrase trop lourde ou d'en atténuer l'emphase. Chaque langage est une tradition, chaque mot un symbole partagé ; ce qu'un novateur pourrait altérer est bien futile ; souvenons-nous de l'œuvre splendide mais souvent illisible d'un Mallarmé ou d'un Joyce. Il est vraisemblable que ces raisons raisonnantes ne sont que le fruit de ma fatigue. Avec l'âge, j'ai appris à me résigner à être Borges.

Je dois dire impartialement que je ne me soucie guère du Dictionnaire de l'Académie royale d'Espagne, *dont chaque édition fait regretter la précédente*[1], selon le jugement mélancolique de Paul Groussac, ni des pesants dictionnaires d'argentinismes. Tous ces ouvrages, de part et d'autre de l'Océan, ont tendance à accentuer les différences et à fragmenter la langue espagnole. Je me rappelle à ce propos que l'on reprochait un jour au romancier Roberto Arlt son ignorance de l'argot d'Argentine et qu'il répliqua : « J'ai été élevé à Villa Luro, parmi des gens pauvres et des hors-la-loi ; vraiment, je n'ai pas eu le temps d'étudier ces choses-là. » Cet argot, en fait, est une blague littéraire inventée par des auteurs de comédies et des paroliers de tangos ; les gens des faubourgs l'ignorent, à moins que les disques d'un phonographe ne le leur aient enseigné.

J'ai situé mes contes un peu loin, soit dans le temps, soit dans l'espace. L'imagination peut ainsi

1. En français dans le texte. (*N.d.T.*)

jouer plus librement. Qui donc, en 1970, peut se souvenir avec précision de ce qu'étaient, à la fin du siècle dernier, les faubourgs de Palermo ou de Lomas ? Aussi incroyable que cela paraisse, certains esprits scrupuleux font une chasse policière aux petites distractions. Ils font remarquer, par exemple, que Martín Fierro aurait parlé d'une « bourse » pleine d'os et non d'un « sac » plein d'os, et désavouent, peut-être injustement, la robe aubère d'un cheval célèbre dans nos lettres.

Dieu t'épargne, lecteur, les longues préfaces ! Le mot est de Quevedo lequel, pour ne pas commettre un anachronisme, qui eût été découvert à la longue, n'a jamais lu celle de Bernard Shaw.

Buenos Aires, le 19 avril 1970. J. L. B.

L'intruse

2 Samuel, I, 26.

On dit (mais c'est peu probable) que cette histoire fut racontée par Eduardo, le cadet des Nelson, à la veillée funèbre de Cristián, l'aîné, qui mourut de mort naturelle, vers les années 1890, dans le district de Morón. Ce qui est certain c'est que quelqu'un l'entendit raconter par quelqu'un, au cours de cette longue nuit dont le souvenir s'estompe, tandis que circulait le maté, et que ce quelqu'un la répéta à Santiago Dabove, de qui je la tiens. Quelques années plus tard, on me la raconta de nouveau à Turdera, l'endroit même où elle s'était passée. La deuxième version, un peu plus circonstanciée, confirmait en gros celle de Santiago, avec les petites variantes et les contradictions inévitables en pareil cas. Je la transcris aujourd'hui parce qu'elle nous donne, si je ne me trompe, un bref et tragique reflet du caractère des *orilleros* d'antan. J'essaierai d'être aussi fidèle que possible, mais je sens déjà que je céderai à la tentation littéraire d'accentuer ou d'ajouter certains détails.

À Turdera, on les appelait les Nilsen. Le curé me rapporta que son prédécesseur se souvenait d'avoir vu chez ces gens, non sans étonnement, une vieille Bible en écriture gothique, à reliure noire ; dans les dernières pages il avait entrevu, inscrits à la main, des noms et des dates. C'était le seul livre qu'il y eût dans la maison. La chronique hasardeuse des Nilsen, perdue là comme tout se perdra. La bâtisse, qui n'existe plus, était en brique sans crépi ; du porche, on apercevait une cour intérieure pavée de carreaux rouges puis une autre en terre battue. Peu de gens, d'ailleurs, y pénétrèrent ; les deux Nilsen préservaient jalousement leur solitude. Ils dormaient dans des chambres nues, sur des lits de sangle ; les chevaux, les harnais, le couteau à courte lame, les superbes habits des samedis soir et l'alcool querelleur étaient leur seul luxe. On m'a dit qu'ils étaient grands et qu'ils avaient des cheveux roux. Du sang venu du Danemark ou d'Irlande, pays dont ils n'avaient jamais dû entendre parler, coulait dans les veines de ces deux créoles. Le quartier craignait ces rouquins ; il n'était pas impossible qu'ils aient eu certaines morts sur la conscience. Ils se battirent une fois, côte à côte, contre la police. On dit que le cadet se mesura avec Juan Iberra et qu'il n'eut pas le dessous, ce qui, au dire des connaisseurs, représente un exploit. Ils avaient conduit des troupeaux, mené des attelages, volé du bétail et, à l'occasion, triché au jeu. Ils avaient la réputation d'être avares, sauf quand la boisson ou le jeu les rendaient prodigues. On ignorait qui étaient leurs parents et d'où ils étaient venus. Ils possédaient une charrette et une paire de bœufs.

Ils différaient physiquement des gens de leur milieu, à qui la Costa Brava doit son nom évocateur. Cela, et tout ce que nous ignorons, permet de comprendre le bloc qu'ils formaient. Se fâcher avec l'un, c'était se faire deux ennemis.

Les Nilsen étaient des coureurs, mais leurs aventures amoureuses avaient été jusqu'alors de celles qui se passent sous un portail ou dans une maison close. Les commentaires allèrent donc bon train quand Cristián amena Juliana Burgos pour vivre avec lui. Il est vrai qu'il y gagnait une servante, mais il est non moins vrai qu'il la comblait d'affreux bijoux de pacotille et qu'il l'exhibait dans les bals. Dans ces pauvres bals de quartier, où certaines figures du tango étaient interdites et où l'on dansait encore sans être enlacés. Juliana avait le teint mat et les yeux en amande ; il suffisait qu'on la regardât pour qu'elle sourît. Dans un quartier modeste, où le travail et le manque de soins abîment les femmes, elle passait pour jolie.

Au début, Eduardo les accompagnait. Puis il dut se rendre à Arrecifes pour je ne sais quelle affaire ; à son retour il amena à la maison une jeune femme qu'il avait trouvée sur sa route et qu'il renvoya au bout de quelques jours. Il se renfrogna ; il s'enivrait seul au bistrot et ne parlait à personne. Il était amoureux de la femme de Cristián. Le quartier, qui s'en aperçut probablement avant lui, pressentit avec une joie perfide la rivalité qui allait s'ensuivre entre les deux frères.

Un soir qu'il rentrait tardivement du bistrot du coin, Eduardo vit le cheval noir de Cristián attaché à la palissade. Dans la cour, l'aîné l'attendait dans ses plus beaux habits. La femme allait et venait, un *mate* à la main. Cristián dit à Eduardo :

« Je m'en vais à une fête chez Farias. Je te laisse Juliana ; si tu la veux, tu peux la prendre. »

C'était dit d'un ton à la fois autoritaire et cordial. Eduardo le regarda longuement : il ne savait que faire. Cristián se leva, prit congé d'Eduardo, négligeant Juliana qui n'était pour lui qu'un objet, monta à cheval et partit au petit trot, sans se presser.

À dater de cette nuit-là, ils se la partagèrent. Personne ne connaîtra les détails de ce sordide ménage à trois, qui scandalisait le quartier. Tout marcha bien pendant quelques semaines, mais cet arrangement ne pouvait durer. Entre eux, les deux frères ne prononçaient jamais le nom de Juliana, même pas pour l'appeler, mais ils cherchaient, et trouvaient, des raisons de se quereller. Ils se disputaient au sujet de la vente de certaines peaux de bête, mais leur dispute venait d'ailleurs. Cristián haussait la voix et Eduardo se taisait. À leur insu, ils se jalousaient. Dans ce faubourg cruel, où l'on n'avait jamais entendu un homme dire – l'idée n'en serait venue à personne – qu'il se souciait d'une femme autrement que pour la désirer et la posséder, les deux frères étaient bel et bien amoureux. Et cela, en quelque sorte, les humiliait.

Un après-midi, sur la place de Lomas, Eduardo croisa Juan Iberra qui le félicita du beau brin de fille qu'il s'était procuré. Ce fut à cette occasion, je crois, qu'Eduardo l'injuria et qu'ils en vinrent aux mains. Il ne permettrait à personne de se moquer de Cristián en sa présence.

La femme s'occupait d'eux avec une soumission animale ; mais elle ne pouvait cacher une certaine préférence pour le cadet, qui n'avait pas refusé cet arrangement mais qui ne l'avait pas sollicité.

Un jour, ils ordonnèrent à Juliana de sortir deux chaises dans la première cour et de ne plus passer par là, parce qu'ils avaient à se parler. Elle pensa que le dialogue serait long et elle alla donc faire la sieste mais ils la réveillèrent au bout d'un moment. Ils lui dirent de mettre dans un sac tout ce qu'elle possédait, sans oublier son chapelet de cristal et la petite croix que lui avait donnée sa mère. Sans fournir la moindre explication, ils la firent monter dans la carriole et ils se mirent en route pour un voyage qui fut maussade et silencieux. Il avait plu ; les chemins étaient embourbés et il devait être près de 3 heures du matin quand ils arrivèrent à Morón. Là, ils la vendirent à la patronne du bordel. Le marché avait été conclu d'avance ; Cristián reçut une somme qu'il partagea avec son frère.

À Turdera, les Nilsen, qui s'étaient perdus dans l'imbroglio (qui était aussi une routine) de cet amour monstrueux, voulurent renouer avec leur ancienne vie d'hommes vivant entre hommes. Ils recommencèrent à jouer aux cartes, à assister aux combats de coqs, et ils reprirent, à l'occasion, leurs fredaines. Peut-être crurent-ils, à un moment donné, s'être sauvés, mais ils prenaient l'habitude de s'absenter chacun de son côté de façon inexplicable, ou plutôt qui n'était que trop explicable. Un peu avant la fin de l'année, le cadet dit qu'il avait à faire dans la capitale. Cristián alla à Morón ; attaché à la barrière de la maison close il reconnut, à ce qu'on dit, le cheval aubère d'Eduardo. Il entra ; l'autre était là, attendant son tour. Il paraît que Cristián lui aurait dit :

« À ce train-là, nous allons fatiguer nos canassons. Mieux vaut l'avoir sous la main. »

Il parla à la patronne, sortit quelques pièces de sa large ceinture et ils reprirent la femme. Juliana montait en croupe derrière Cristián ; Eduardo éperonna son cheval pour ne pas les voir.

La vie que l'on sait recommença. L'infâme solution avait échoué ; tous deux avaient cédé à la tentation de tromper l'autre. Caïn rôdait par là, mais l'affection des Nilsen l'un pour l'autre était grande – qui sait les épreuves et les dangers qu'ils avaient dû traverser ensemble ! – et ils préférèrent épancher leur bile sur les autres. Sur un inconnu, sur des chiens, sur la Juliana qui avait amené entre eux la discorde.

Le mois de mars allait finir et la chaleur ne cédait pas. Un dimanche (ce jour-là les gens ont l'habitude de se coucher tôt) Eduardo, qui revenait du bistrot, vit Cristián qui attelait les bœufs au joug. Cristián lui dit :

« Viens ; il faut que nous allions livrer des peaux

chez Pardo. Je les ai chargées ; profitons de la fraîche. »

Le magasin de Pardo était, je crois, plus au sud ; ils prirent la route des Troupes, puis un chemin de traverse. Avec la nuit, la campagne devenait immense.

Ils longèrent une prairie ; Cristián jeta la cigarette qu'il venait d'allumer et dit tranquillement :

« Allons, vieux, au travail ! Après, c'est les vautours qui nous aideront. Je l'ai tuée aujourd'hui. On n'a qu'à la laisser là tout habillée. Elle ne fera plus de tort à personne. »

Ils s'embrassèrent en pleurant presque. Maintenant un lien les unissait : la femme tristement sacrifiée qu'il leur fallait oublier.

L'indigne

L'image que nous nous faisons de la ville est toujours quelque peu anachronique. Le café a dégénéré en bar ; le porche qui nous laissait entrevoir les cours intérieures et la treille est maintenant un corridor obscur avec un ascenseur au fond. Des années durant, j'ai cru qu'à une certaine hauteur de la rue Talcahuano la librairie Buenos Aires attendait ma visite ; je constatai un beau matin qu'elle avait été remplacée par une boutique d'antiquités et l'on m'apprit que don Santiago Fischbein, le libraire, était mort. Il était plutôt obèse ; je me souviens moins de ses traits que de nos longs bavardages. Sûr de lui et bien tranquille, il avait coutume de condamner le sionisme, qui d'après lui ferait du juif un homme ordinaire, dépendant, comme tout autre individu, d'une seule tradition et d'un seul pays, sans les complexités et les dissensions qui, de nos jours, l'enrichissent. Il était en train de compiler, m'avait-il dit, une importante anthologie de l'œuvre de Baruch Spinoza, allégée de tout cet appareil euclidien qui en rend la lecture difficile et qui donne à sa théorie fantastique une rigueur illusoire. Il m'avait montré, sans vouloir me le vendre, un curieux exemplaire de la *Kabbala denudata* de Rosenroth, mais j'ai dans ma bibliothèque quelques livres de Ginsburg et de Waite qui viennent de chez lui.

Un après-midi où nous étions seuls tous les deux, il me confia un épisode de sa vie que je puis aujourd'hui raconter. Je changerai, bien entendu, certains détails :

Je vais vous confier quelque chose que je n'ai dit à personne. Ana, ma femme, n'en sait rien et mes amis les plus intimes, pas davantage. Cela s'est produit il y a si longtemps qu'il me semble que la chose est arrivée à quelqu'un d'autre qu'à moi. Mon récit pourra peut-être vous servir pour un conte que vous agrémenterez, sans doute, de force coups de poignard. Je ne sais pas si j'ai déjà eu l'occasion de vous dire que je suis originaire d'Entre Ríos. Je ne dirai pas que nous étions des juifs gauchos ; il n'y a jamais eu de juifs gauchos. Nous étions commerçants et cultivateurs. Je suis né à Urdinarraín dont je ne garde qu'un vague souvenir ; quand mes parents s'en vinrent à Buenos Aires, pour y ouvrir une boutique, j'étais encore très jeune. Quelques pâtés de maisons plus loin, c'était le Maldonado, puis des terrains vagues.

Carlyle a écrit que les hommes ont besoin de héros. Le *Manuel d'Histoire* de Grosso me proposa bien le culte de San Martín, mais je ne vis rien d'autre en lui qu'un militaire qui avait guerroyé au

Chili et qui n'était plus maintenant qu'une statue de bronze et un nom de place. Le hasard me fournit un héros tout différent, pour notre malheur à tous deux : Francisco Ferrari. Ce doit être la première fois que vous entendez parler de lui.

Notre quartier n'était pas agité comme le furent, dit-on, ceux de Corrales ou du Bajo, mais il n'y avait pas de bistrot qui n'eût sa bande de mauvais garçons. Ferrari en fréquentait un qui se trouvait à l'angle des rues Triunvirato et Thames. Ce fut là que se produisit l'incident qui m'amena à être un de ses partisans. J'avais été acheter une demi-livre de maté. Un étranger aux cheveux longs, moustachu, entra et demanda un verre de genièvre. Ferrari lui dit d'une voix douce :

« Dites-moi, ne nous sommes-nous pas vus avant-hier soir au bal de la Juliana ? D'où venez-vous ?

— De San Cristóbal, répondit l'autre.

— Si j'ai un conseil à vous donner, insinua Ferrari, c'est de ne pas revenir ici. Il y a des gens sans scrupule qui seraient capables de vous faire passer un mauvais quart d'heure. »

L'homme de San Cristóbal s'en alla, précédé de ses moustaches. Peut-être n'était-il pas moins brave que l'autre, mais il savait que toute la bande était là.

Dès lors Francisco Ferrari fut le héros que mes quinze ans désiraient. Il était brun, plutôt grand, robuste, bel homme à la mode de l'époque. Il était toujours vêtu de noir. Un second incident nous rapprocha. J'étais avec ma mère et ma tante ; nous croisâmes des garnements dont l'un dit aux autres à voix haute :

« Laissez-les passer. C'est des vieilles. »

Je ne savais que faire. C'est alors qu'intervint Ferrari qui sortait de chez lui. Il se planta devant l'insolent et lui dit :

« Si tu cherches la bagarre, pourquoi ne t'adresses-tu pas plutôt à moi ? »

Il les dévisagea l'un après l'autre, posément, et personne ne dit mot. Ils savaient à qui ils avaient affaire.

Ferrari haussa les épaules, nous salua et s'en fut. Avant de s'éloigner, il me dit :

« Si tu n'as rien d'autre à faire, passe au bistrot, ce soir. »

J'étais stupéfait. Sarah, ma tante, décréta :

« Voilà un homme courtois qui sait faire respecter les dames. »

Ma mère, pour me tirer d'embarras, observa :

« Je dirais plutôt que c'est un mauvais garçon qui ne veut pas de concurrence. »

Je ne sais comment vous expliquer les choses. Je me suis fait maintenant une situation, j'ai cette librairie que j'aime et dont je lis les livres, j'ai plaisir à nouer des amitiés telles que la nôtre, j'ai une femme et des enfants, j'ai adhéré au parti socialiste, je suis un bon Argentin et un bon juif. Je suis un homme considéré. Vous me voyez aujourd'hui quasiment chauve ; mais dans ce temps-là j'étais un pauvre petit juif, aux cheveux roux, vivant dans un quartier de faubourg. Les gens me regardaient avec mépris. Comme tous les jeunes, j'essayais d'être semblable aux autres. Je me faisais appeler Jacques au lieu de Jacob mais il me restait toujours mon nom : Fischbein. Nous ressemblons tous à l'image qu'on se fait de nous. Je sentais que les gens me méprisaient et je me méprisais moi-même. À l'époque, et surtout dans ce milieu-là, il était important d'être courageux ; je savais que je ne l'étais pas. Les femmes m'intimidaient ; j'éprouvais une honte secrète devant ma chasteté craintive. Je n'avais pas d'amis de mon âge.

Je n'allai pas au bistrot ce soir-là. J'aurais bien dû ne jamais y aller. Je finis par sentir que dans cette invitation il y avait un ordre ; un samedi, après le dîner, j'entrai dans le bistrot.

Ferrari présidait l'une des tables. Je connaissais de vue l'assistance ; ils étaient sept, je crois. Ferrari était le plus âgé, exception faite d'un vieil homme, peu bavard, dont le nom est le seul à ne pas s'être effacé de ma mémoire : don Eliseo Amaro. Une balafre lui traversait la figure qu'il avait très large et bouffie. On me dit, par la suite, qu'il avait purgé une condamnation.

Ferrari me fit asseoir à sa gauche ; don Eliseo dut se déplacer. Je n'étais pas très à mon aise. Je craignais que Ferrari ne fît allusion au fâcheux incident de ces derniers jours. Mais il n'en fut rien ; on parla de femmes, de cartes, de réunions électorales, d'un chanteur qui devait venir et qui ne vint pas, de potins du quartier. Au début, on me regardait de travers ; puis on m'accepta car telle était la volonté de Ferrari. Malgré leurs noms, presque tous italiens, chacun se sentait (et était aux yeux de tous) argentin et même gaucho. L'un était meneur d'attelages, l'autre charretier ou, peut-être, tueur des abattoirs. D'avoir affaire aux animaux devait les rapprocher des gens de la campagne. J'imagine qu'ils auraient tous rêvé d'être Juan Moreira. Ils finirent par m'appeler le petit Juif, mais il n'y avait pas de mépris dans ce surnom. Ils m'apprirent à fumer et d'autres choses encore.

Dans une maison de la rue Junín, quelqu'un me demanda si j'étais l'ami de Francisco Ferrari. Je répondis que non ; j'avais l'impression que répondre par l'affirmative eût été une fanfaronnade.

Un soir, la police entra et nous fouilla. L'un de nous dut aller au commissariat ; Ferrari ne fut pas inquiété. Quinze jours après, la même scène se répéta ; cette fois-ci ils embarquèrent également Ferrari, qui portait un couteau dans sa ceinture. Peut-être avait-il perdu la faveur du chef politique du quartier.

Je m'aperçois aujourd'hui que Ferrari n'était qu'un pauvre garçon naïf dont on s'était joué ; mais alors, pour moi, c'était un dieu.

L'amitié n'est pas moins mystérieuse que l'amour ou l'une quelconque des facettes de cette chose confuse qu'est la vie. Je me suis dit parfois que seul le bonheur est sans mystère, car il se justifie par lui-même. Le fait est que Francisco Ferrari, l'audacieux, le dur, eut de l'amitié pour moi, qui étais méprisable. Je sentis qu'il s'était trompé sur mon compte et que je n'étais pas digne de cette amitié. Je tentai de l'éviter mais il ne me le permit pas. Mon souci s'aggrava à cause de la désapprobation de ma mère qui ne se résignait pas à me voir fréquenter ce qu'elle appelait la racaille, qu'elle me reprochait de vouloir singer. L'essentiel de l'histoire que je vous raconte est ma relation avec Ferrari et non pas ces faits sordides dont je ne me repens plus aujourd'hui. Tant que dure le repentir dure la faute.

Le vieux, qui avait repris sa place près de Ferrari, lui parlait en cachette. Sans doute méditaient-ils quelque coup. À l'autre bout de la table, je crus entendre prononcer le nom de Weidemann, dont la fabrique de tissus était située aux abords de notre quartier. Au bout d'un moment ils m'ordonnèrent, sans autre explication, d'aller faire le tour des bâtiments et de bien en repérer toutes les issues. Le soir tombait quand je traversai le ruisseau et la voie ferrée. Je me souviens de maisons disséminées, de saules et de terrains vagues. La fabrique était neuve, mais elle offrait un aspect désert et délabré ; son crépi rouge se confond aujourd'hui dans ma mémoire avec les lueurs du couchant. Elle était entourée d'une grille. Outre l'entrée principale, il y avait deux portes par-derrière qui s'ouvraient au sud et qui donnaient directement accès aux locaux.

J'avoue que je mis du temps à comprendre ce que vous avez sans doute déjà compris. Je fis mon rapport, qu'un autre garçon confirma. Sa sœur travaillait dans cette fabrique. Le fait que la bande désertât le bistrot un samedi soir eût été remarqué de tout le monde ; Ferrari décida que le coup se ferait le vendredi suivant. Je serais chargé de faire le guet. Il valait mieux, entre-temps, que personne ne nous vît ensemble. Une fois seuls tous les deux dans la rue, je demandai à Ferrari :

« Vous avez confiance en moi ?

— Oui, me répondit-il. Je sais que tu te comporteras en homme. »

Je dormis bien cette nuit-là et les suivantes. Le mercredi, je dis à ma mère que j'irais en ville voir un nouveau western. Je mis mon plus beau costume et je me rendis rue Moreno. Le trajet en tramway me parut interminable. Au commissariat de police, on me fit d'abord attendre, puis l'un des employés, un dénommé Eald ou Alt, me reçut. Je lui dis que je venais lui parler d'une affaire confidentielle. Il me dit de parler sans crainte. Je lui révélai ce que Ferrari tramait. Je fus étonné de constater que ce nom lui était inconnu ; il n'en alla pas de même quand je lui parlai de don Eliseo.

« Ah ! me dit-il. Celui-là faisait partie de la bande de l'Uruguayen. »

Il fit appeler un autre officier de police, celui qui s'occupait de mon quartier et tous deux palabrèrent. L'un d'eux me demanda, non sans ironie :

« Tu viens faire cette dénonciation parce que tu crois être un bon citoyen ? »

Je pensai qu'il ne me comprendrait pas et je lui répondis :

« Oui, monsieur. Je suis un bon Argentin. »

Ils me dirent d'accomplir la mission dont on

m'avait chargé, mais de ne pas siffler quand je verrais venir les agents. Au moment de nous quitter, l'un des deux me prévint :

« Prends garde à toi. Tu sais ce qui attend les cafards. »

Tels de vulgaires lycéens, les gens de la police adorent employer des mots d'argot. Je lui répondis :

« Ils peuvent bien me tuer. C'est ce qui pourrait m'arriver de mieux. »

Dès le matin du vendredi, j'éprouvai du soulagement à l'idée que c'était enfin le grand jour, mais aussi du remords à ne sentir aucun remords. Les heures me parurent très longues. Je touchai à peine à mes repas. À 10 heures du soir nous nous réunîmes tout près de la fabrique. L'un des nôtres manquait à l'appel ; don Eliseo dit qu'en pareil cas il y avait toujours un lâche. Je pensai que ce serait lui qui porterait par la suite toute la responsabilité de l'affaire. La pluie menaçait. Je craignais que quelqu'un ne restât avec moi, mais on me laissa seul à l'une des portes de derrière. Bientôt apparurent des agents et un officier de police. Ils s'approchèrent à pied ; pour ne pas éveiller l'attention, ils avaient laissé leurs chevaux dans un terrain vague. Ferrari avait forcé la porte et ils purent entrer sans faire de bruit. Je fus assourdi par quatre détonations. Je me dis qu'à l'intérieur, dans l'obscurité, ils étaient en train de s'entre-tuer. Sur ce, je vis ressortir la police avec les jeunes gens menottes aux mains. Puis deux agents sortirent, traînant les corps de Francisco Ferrari et de don Eliseo Amaro, criblés de balles. Dans le rapport on déclara qu'ils avaient refusé de se rendre et qu'ils avaient été les premiers à ouvrir le feu. Je savais que c'était faux, car je ne leur avais jamais vu de revolver. La police avait profité de l'occasion pour régler un vieux compte. Quelques jours plus tard, on me dit que Ferrari avait essayé de s'enfuir, mais qu'une balle l'avait atteint. Les journaux, bien entendu, en firent le héros qu'il ne fut sans doute jamais et dont j'avais rêvé.

On m'arrêta avec les autres mais je fus bien vite relâché.

Histoire de Rosendo Juárez

Il devait être 11 heures du soir ; j'étais entré dans le bistrot qui, aujourd'hui, est devenu un bar à l'angle des rues Bolívar et Venezuela. L'homme, dans son coin, me fit signe d'approcher. Il devait avoir de l'autorité car je lui obéis aussitôt. Il était assis à l'une des petites tables ; je sentis, de façon inexplicable, qu'il y avait longtemps qu'il était là sans bouger, devant son verre vide. Il n'était ni grand ni petit, il avait l'air d'un honnête artisan, venu peut-être de la campagne. Sa moustache grise était peu fournie. Frileux comme tous les gens de Buenos Aires, il n'avait pas quitté son poncho. Il m'invita à prendre quelque chose en sa compagnie. Je m'assis et la conversation s'engagea. Cela se passait vers les années 1930.

L'homme me dit :

Vous ne me connaissez que de renom, mais vous, je vous connais, monsieur. Je suis Rosendo Juárez. Le défunt Paredes a dû sans doute vous parler de moi. Le vieux avait ses lubies ; il aimait mentir, non pour tromper son monde, mais pour amuser la galerie. Puisque nous n'avons rien à faire, je vais vous raconter ce qui s'est vraiment passé cette fameuse nuit où l'on a tué le Corralero. Vous, monsieur, vous avez raconté cela dans un livre que je ne suis pas capable d'apprécier, mais je veux que vous sachiez la vérité sur ces mensonges.

Il marqua un temps d'arrêt, comme pour rassembler ses souvenirs, et reprit :

Il vous arrive des choses que vous ne comprenez qu'ensuite, petit à petit, avec le temps. Ce qui m'arriva cette nuit-là venait de loin. J'ai grandi dans le quartier du Maldonado, au-delà de Floresta. C'était un sale dépotoir qu'on a eu la bonne idée de canaliser. J'ai toujours pensé qu'on ne doit pas arrêter la marche du progrès. Enfin, chacun naît où il peut. Je n'ai jamais cherché à connaître le nom de celui qui m'avait engendré. Clementina Juárez, ma mère, était une très brave femme qui gagnait son pain en repassant du linge. Je crois qu'elle était d'Entre Ríos ou de l'Uruguay ; quoi qu'il en soit, elle parlait souvent de ses parents de Concepción, en Uruguay. J'ai poussé comme de la mauvaise herbe. J'appris à me battre avec les autres gamins, avec un bout de bois durci au feu. Je ne connaissais pas encore le football, qui était le sport des Anglais.

Un soir, au bistrot, un dénommé Garmendia se mit à me chercher querelle. Moi, je faisais la sourde oreille, mais lui, qui était saoul, insista. Nous sortîmes ; sur le trottoir, il se retourna et, entrouvrant la porte du bistrot, il lança à la cantonade :

« Rassurez-vous, je reviens dans un instant. »

Je m'étais muni d'un couteau ; nous partîmes en direction du fleuve, lentement, en nous surveillant du coin de l'œil. Il avait quelques années de plus que moi ; nous avions souvent joué du couteau ensemble et je sentis qu'il allait m'étriper. Je marchais à droite du sentier, lui à gauche. Il trébucha sur des décombres. Garmendia ne fut pas plus tôt au sol que, sans plus réfléchir, je me jetai sur lui. Je le blessai au visage d'un coup de couteau, nous luttâmes au corps à corps, il y eut un moment incertain, mais je finis par lui donner un coup de couteau, qui fut le dernier. Je me rendis compte seulement après qu'il m'avait blessé lui aussi : quelques égratignures. J'appris cette nuit-là qu'il n'est pas difficile de tuer un homme ou d'être soi-même tué. Le ruisseau coulait en contrebas ; pour gagner du temps, je dissimulai le cadavre tant bien que mal derrière un four à briques. Par pure étourderie je lui fauchai la bague avec sa pierre précieuse qu'on lui avait toujours vu porter. Je la passai à mon doigt, remis mon chapeau d'aplomb et retournai au bistrot. J'entrai d'un pas tranquille et dis :

« Eh bien, c'est moi qui suis revenu ! »

Je commandai un verre d'alcool, car j'en avais besoin. C'est alors que quelqu'un me fit remarquer que j'avais une tache de sang.

Je passai cette nuit-là à me tourner et me retourner dans mon lit de sangle ; je ne m'endormis qu'à l'aube. En fin d'après-midi deux gendarmes vinrent m'arrêter. Ma mère – Dieu ait son âme ! – poussa les hauts cris. Ils m'emmenèrent comme si j'étais un criminel. Je passai deux jours et deux nuits au cachot. Personne ne vint me voir, à part Luis Irala, un véritable ami, à qui on refusa cette permission. Un matin, le commissaire me fit appeler. Il était assis sur une chaise ; il me regarda et me dit :

« Ainsi, c'est toi qui as liquidé Garmendia ?

— Puisque vous le dites, répondis-je.

— On dit "monsieur le commissaire". Inutile de jouer au plus malin avec moi. Voici les déclarations des témoins et la bague qui a été trouvée chez toi. Allons, signe là tes aveux complets. »

Il trempa une plume dans son encrier et me la tendit.

« Laissez-moi réfléchir, monsieur le commissaire, parvins-je à lui répondre.

— Je te donne vingt-quatre heures pour bien y réfléchir, au cachot. Je ne veux pas te bousculer. Si tu ne veux pas entendre raison, fais-toi à l'idée d'un petit séjour à l'ombre, rue Las Heras. »

Comme vous pouvez l'imaginer, je ne compris rien à ce discours.

« Si tu avoues, tu seras relâché dans quelques jours. Après, je te tire de là et don Nicolás Paredes m'a déjà garanti qu'il arrangerait ton affaire. »

Je restai enfermé dix jours. Ils finirent par se souvenir de moi. Je signai tout ce qu'on voulut et l'un des deux gendarmes m'accompagna rue Cabrera.

Il y avait des chevaux attachés à la palissade et, dans l'entrée, plus de gens qu'au bordel. On aurait dit une assemblée électorale. Don Nicolás, qui prenait du maté, finit par s'apercevoir de ma présence. Le plus tranquillement du monde il me dit qu'il allait m'envoyer à Morón, où l'on préparait des élections. Il me recommanda auprès de M. Laferrer, qui me prendrait à l'essai. La lettre fut écrite par un jeune homme habillé de noir, qui composait des vers, d'après ce qu'on me dit, sur les petites gens et la racaille, sujets qui ne sauraient intéresser un public raffiné. Je le remerciai du service et sortis. Ce coup-ci je n'avais plus de gendarme avec moi.

Je m'en étais donc tiré au mieux ; la Providence sait ce qu'elle fait. La mort de Garmendia, qui au début m'avait valu des ennuis, allait maintenant m'ouvrir un chemin. Bien entendu, j'étais entre les mains de la police. Si je ne servais pas le parti, on me bouclait, mais j'étais devenu plus hardi et j'avais confiance en moi.

M. Laferrer me fit savoir qu'avec lui il me faudrait marcher droit, mais il me dit aussi que je pouvais devenir garde du corps. Je fis ce qu'on attendait de moi. À Morón, puis dans mon quartier, je méritai la confiance de mes chefs. La police et le parti me firent petit à petit une réputation de dur ; je devins un agent électoral de poids dans les réunions de la capitale et de la province. Les élections étaient mouvementées à l'époque ; je vous fais grâce, monsieur, du récit de certains mauvais coups sanglants. Je n'ai jamais pu encaisser les radicaux, qui sont toujours pendus aux basques d'Alem[1]. J'étais respecté de tous. Je me dénichai une femme, la Lujanera, et un alezan doré qui avait fière allure. Pendant des années je jouai les Juan Moreira, comme lui-même peut-être joua à son époque quelque autre gaucho de cirque. Je fréquentai les tripots et m'adonnai à l'absinthe.

Nous, les vieux, nous n'en finissons pas de parler, mais j'en arrive à ce que je veux vous dire. Je ne sais pas si je vous ai déjà parlé de Luis Irala. Un ami comme il y en a peu. C'était un homme d'un certain âge, qui n'avait jamais renâclé à la tâche, et qui m'avait pris en affection. Il n'avait de sa vie mis les pieds dans un comité. Il vivait de son métier de menuisier. Il ne se mêlait des affaires de personne et il n'eût permis à personne de mettre le nez dans les siennes. Il vint me voir un matin et me dit :

« On a déjà dû te raconter que la Casilda m'a plaqué. Celui qui me l'a prise, c'est Rufino Aguilera. »

J'avais eu vent de cette histoire à Morón. Je lui répondis :

« Oui, je suis au courant. C'est le moins répugnant des Aguilera.

— Répugnant ou pas, il va maintenant avoir affaire à moi. »

Je réfléchis un moment et je lui dis :

1. Leandro N. Alem, chef du parti radical. *(N.d.T.)*

« Personne ne prend rien à personne. Si la Casilda t'a plaqué, c'est parce qu'elle aime Rufino et que tu ne comptes plus pour elle.

— Mais que vont dire les gens ? Que je suis un lâche ?

— Je te conseille de ne pas faire d'histoires à cause de ce que diront les gens et à cause d'une femme qui ne t'aime plus.

— Elle, je m'en moque. Un homme qui pense cinq minutes à une femme n'est pas un homme mais une lopette. La Casilda est une sans-cœur. La dernière nuit que nous avons passée ensemble, elle m'a dit que je me faisais vieux.

— Elle te disait la vérité.

— Il n'y a que la vérité qui blesse. Mais ce qui m'importe maintenant, c'est Rufino.

— Fais attention. J'ai vu Rufino à l'œuvre dans la cour de Merlo. C'est un as.

— Tu crois qu'il me fait peur ?

— Je sais bien que tu n'en as pas peur, mais réfléchis bien : ou tu le tues et on te met à l'ombre, ou il te tue et tu vas à la Chacarita.

— Peut-être. Qu'est-ce que tu ferais, toi, à ma place ?

— Je ne sais pas, mais ma vie n'est précisément pas exemplaire. Je suis un garçon qui, pour se planquer de la prison, s'est fait agent électoral.

— Moi, il n'est pas question que je me fasse agent de quoi que ce soit, j'ai un compte à régler, voilà tout.

— Alors, tu vas te créer des ennuis pour un inconnu et pour une femme qui ne t'aime plus ? »

Il ne voulut pas m'écouter et s'en fut. Le lendemain on apprit qu'il avait provoqué Rufino dans un bistrot de Morón et que Rufino l'avait tué.

Il était allé à la mort et il s'était fait tuer comme il convient, entre hommes, d'égal à égal. Je lui avais donné un conseil d'ami, mais je me sentais coupable.

Quelques jours après la veillée funèbre, j'allai voir un combat de coqs. Je n'avais jamais été excité par ce genre de spectacle, mais ce dimanche-là je fus franchement écœuré. Qu'est-ce qui peut bien leur prendre à ces animaux, me dis-je, pour qu'ils se massacrent ainsi ?

Le soir de mon histoire, le soir de la fin de mon histoire, j'avais pris rendez-vous avec des copains pour un bal chez la Parda. Il y a tant d'années de cela et voilà que je me rappelle maintenant la robe à fleurs que portait la fille avec qui j'étais. La fête avait lieu dans la cour. Il y eut bien, comme de juste, un ivrogne qui vint mettre du désordre, mais je fis en sorte que tout se passât décemment. Il n'était pas encore minuit quand des gens venus d'ailleurs firent leur apparition. L'un d'eux, qu'on appelait le Corralero et qui fut tué traîtreusement cette nuit-là, offrit une tournée générale. Nous nous ressemblions, lui et moi, comme par hasard. Il avait une idée derrière la tête ; il s'approcha de moi et se mit à me complimenter. Il me dit qu'il venait du Nord, où on lui avait fait grand cas de moi. Je le laissai parler à sa guise, mais je commençai à me méfier de lui. Il n'arrêtait pas de boire son genièvre, peut-être pour se donner du courage, et il finit par m'inviter à me battre. Il se produisit alors ce que personne n'a jamais compris. Dans les forfanteries de ce provocateur, je me vis comme dans un miroir et j'en éprouvai de la honte. Je n'avais pas peur ; si j'avais senti que j'avais peur, je serais peut-être sorti me battre. Je demeurai imperturbable. L'autre, le visage déjà tout près du mien, cria pour être entendu de tous :

« Tu veux que je te dise, eh bien, tu n'es qu'un lâche !

— Peut-être, lui dis-je. Je n'ai pas peur d'être pris pour un lâche. Tu peux ajouter, si tu veux, que tu m'as appelé fils de chienne et que je t'ai laissé me cracher au visage. Alors, tu es calmé maintenant ? »

La Lujanera sortit le couteau que je portais dans la poche de mon gilet et, comme folle de rage, me le mit dans la main. Elle ajouta, de surcroît :

« Rosendo, je crois que tu vas en avoir besoin. »

Je laissai tomber le couteau et je sortis sans me presser. Les gens s'écartèrent, ahuris. Que m'importait ce qu'ils pouvaient penser ?

Pour échapper à cette existence, je passai en Uruguay, où je me fis charretier. Depuis mon retour, je me suis installé ici. San Telmo a toujours été un quartier tranquille.

La rencontre

À Susana Bombal.

Quand on parcourt les journaux tous les matins, c'est pour s'empresser de les oublier ou tout au plus pour en parler, à l'occasion, dans l'après-midi même ; il n'y a donc pas lieu de s'étonner que personne ne se souvienne aujourd'hui, ou ne se souvienne que très vaguement, de la fameuse affaire de Maneco Uriarte et de Duncan qui passionna alors l'opinion. De plus, cela se passait en 1910, l'année de la comète et du Centenaire, et nous avons depuis lors acquis et perdu tant de choses ! Les protagonistes sont morts aujourd'hui, ceux qui furent témoins des faits jurèrent solennellement de garder le silence. Moi aussi je levai la main pour jurer et je sentis l'importance de ce rite, avec tout le sérieux romantique de mes neuf ou dix ans. Je ne sais si les autres remarquèrent que j'avais donné ma parole d'honneur ; je ne sais s'ils tinrent la leur. Quoi qu'il en soit, voici l'histoire, avec les inévitables variations qu'apportent l'éloignement dans le temps et la bonne ou la mauvaise littérature.

Mon cousin Lafinur m'avait emmené ce soir-là à un repas champêtre dans une propriété appelée Les Lauriers. Je ne puis préciser la topographie des lieux ; imaginons un de ces villages du Nord, ombragés et paisibles, qui descendent en pente jusqu'aux bords du fleuve et qui n'ont rien à voir avec la grande ville et sa plaine. Le voyage en chemin de fer dura assez longtemps pour me sembler fastidieux, mais le temps des enfants, on le sait, s'écoule avec lenteur. Il avait commencé à faire nuit quand nous franchîmes le portail de la propriété. Là se trouvait rassemblé, je le sentis, tout ce qui est essentiel depuis toujours : l'odeur de la viande à la broche, les arbres, les chiens, les branches sèches, le feu qui rapproche les hommes.

Les invités n'étaient pas plus de douze ; tous des adultes. L'aîné, je l'appris plus tard, n'avait pas encore trente ans. Ils étaient experts, je ne tardai pas à le comprendre, sur des sujets qu'aujourd'hui encore je me sens indigne d'aborder : les chevaux de courses, les costumes, les voitures, les femmes notoirement coûteuses. Personne ne vint troubler ma timidité, personne ne fit attention à moi. L'agneau, préparé avec une habile lenteur par l'un des péons, nous retint longtemps dans la vaste salle à manger. On discuta de l'âge des vins. Il y avait une guitare ; mon cousin, je crois bien que c'était lui, entonna *La Tapera* et *El Gaucho* d'Elías Regules, et des couplets en argot, dans cet argot rudimentaire d'alors, sur un duel au couteau dans une maison de la rue Junín. On apporta le café et les cigares. Pas question de rentrer. Je ressentais (la phrase est de Lugones) la peur de ce qui est trop tardif. Je ne voulais pas regarder la pendule. Pour dissimuler ma solitude d'enfant parmi des grandes personnes, je vidai sans plaisir un verre ou deux. D'une voix forte Uriarte proposa à Duncan un poker à deux. Quelqu'un objecta que cette façon de jouer manquait d'attraits et suggéra une partie à quatre. Duncan approuva, mais Uriarte, avec une obstination que je ne compris pas, ni ne cherchai à comprendre, insista pour faire une partie à deux. En dehors du *truco*, dont le but essentiel est de peupler le temps de plaisanteries et de vers, et en dehors des modestes labyrinthes des jeux de patience, je n'ai jamais aimé les cartes. Je m'esquivai sans que personne le remarquât. Une demeure inconnue et obscure (la salle à manger était la seule pièce éclairée) représente plus de choses pour un enfant qu'un pays inconnu pour un voyageur. Pas à pas, j'explorai les pièces ; je me souviens d'une salle de billard, d'une galerie avec des vitres en forme de rectangles et de losanges, de deux fauteuils à bascule et d'une fenêtre d'où l'on apercevait une tonnelle. Je me perdis dans l'obscurité. Le maître de maison, dont le nom, qui me revient à présent, était Acevedo ou Acebal, finit par me trouver. Par bonté, ou pour satisfaire sa vanité de collectionneur, il me mena près d'une vitrine. Quand il alluma, je vis qu'elle contenait des armes blanches. C'était des couteaux qui tous avaient servi dans quelque affaire mémorable. Il me dit qu'il avait une petite propriété du côté de Pergamino et qu'en allant et venant dans cette province il avait rassemblé peu à peu ces objets. Il ouvrit la vitrine et, sans regarder le libellé des étiquettes, il me raconta l'histoire de chaque pièce, toujours plus ou moins la même : seuls les noms de lieu et les dates différaient. Je lui demandai si parmi ces armes ne figurait pas la dague de Moreira, qui était à cette époque l'archétype du gaucho, comme le furent plus tard Martín Fierro et don Segundo Sombra. Il dut m'avouer que non, mais il pouvait m'en montrer une toute semblable, avec la garde en forme de U. Il fut interrompu par les cris d'une dispute. Il ferma immédiatement la vitrine ; je lui emboîtai le pas.

Uriarte vociférait que son adversaire avait triché. Leurs camarades les entouraient, debout. Duncan, je me souviens, était plus grand que les autres, robuste, légèrement voûté, le visage inexpressif, les cheveux d'un blond presque blanc ; Maneco Uriarte était agité, brun, avec des traits indiens peut-être, et il portait une moustache agressive mais peu fournie. Ils étaient tous manifestement ivres ; je ne sais s'il y avait vraiment deux ou trois bouteilles par terre ou si l'abus du cinéma me suggère ce faux souvenir. Les injures d'Uriarte n'arrêtaient pas de pleuvoir, cinglantes et même obscènes. Duncan semblait ne pas l'entendre ; enfin, comme par lassitude, il se leva et lui donna un coup de poing. Uriarte, du sol où il gisait, cria qu'il ne tolérerait pas cet affront et il le provoqua en duel.

Duncan refusa, et il ajouta en guise d'explication :

« C'est qu'il me fait peur ! »

Il y eut un éclat de rire général.

Uriarte, qui s'était relevé, répliqua :

« Je vais me battre avec vous, et tout de suite. »

Quelqu'un – Dieu lui pardonne ! – fit remarquer que ce n'était pas les armes qui manquaient dans la maison.

Je ne sais qui ouvrit la vitrine. Maneco Uriarte chercha l'arme la plus voyante et la plus grande, celle à la garde en forme de U ; Duncan, presque au hasard, prit un couteau à manche de bois, avec le dessin d'un petit arbre sur la lame. Quelqu'un dit que le choix d'une épée était bien digne de Maneco. Personne ne fut étonné de voir sa main trembler en cet instant ; tout le monde le fut, en revanche, en voyant que celle de Duncan tremblait elle aussi.

La tradition exige que des hommes qui vont se battre n'offensent point la maison qui les accueille et qu'ils aillent au-dehors. Moitié à la rigolade, moitié gravement, nous sortîmes dans la nuit humide. Je n'étais pas ivre de vin, mais grisé par l'aventure ; je souhaitais que l'un des deux tuât l'autre pour pouvoir le raconter ensuite et pour m'en souvenir. Peut-être bien que les autres à ce moment-là n'étaient guère plus adultes que moi. Il me sembla que nous étions comme entraînés et égarés dans un tourbillon que personne n'était capable de contenir. Nul n'ajoutait foi à l'accusation portée par Maneco ; tous y voyaient le fruit d'une vieille rivalité, exacerbée par la boisson.

Nous cheminâmes sous des arbres, nous dépassâmes la gloriette. Uriarte et Duncan marchaient en tête ; je m'étonnai de voir qu'ils se surveillaient mutuellement, comme s'ils craignaient une surprise. Nous longeâmes un carré de gazon. Duncan dit avec une tranquille assurance :

« Cet endroit est dégagé. »

Tous deux, indécis, se dirigèrent vers le centre. Une voix leur cria :

« Lâchez cette ferraille qui vous encombre et empoignez-vous pour de bon. »

Mais les deux hommes avaient déjà engagé la lutte. Au début, ils se comportèrent maladroitement, comme s'ils craignaient de se blesser ; au début ils regardaient leurs armes, mais par la suite, les yeux de l'adversaire. Uriarte avait oublié sa colère ; Duncan, son indifférence ou son dédain. Le danger les avait transfigurés ; maintenant c'était deux hommes qui se battaient et non plus deux gamins. J'avais imaginé le duel comme un chaos d'acier, mais je pus le suivre, ou presque, comme une partie d'échecs. Les années, bien entendu, n'auront pas manqué d'amplifier ou d'obscurcir ce que je vis alors. Je ne sais pas combien de temps dura le combat ; il est des faits qui échappent à la mesure habituelle du temps.

N'ayant pas de poncho pour leur servir de garde, ils paraient les coups avec l'avant-bras. Leurs manches, bientôt tailladées, se couvraient de sang. Je pensai que nous nous étions trompés en supposant qu'ils ignoraient cette sorte d'escrime. Je ne tardai pas à constater qu'ils maniaient leurs armes de façons très distinctes. Elles étaient de longueurs différentes. Duncan, pour remédier à son désavantage, cherchait à rester très près de l'autre ; Uriarte reculait pour se fendre en coups longs et bas. La même voix qui avait fait allusion à la vitrine cria :

« Ils vont se tuer, arrêtez-les ! »

Personne n'osa intervenir. Uriarte avait perdu du terrain ; Duncan alors fonça sur lui. Ils en étaient presque au corps à corps. La lame d'Uriarte cherchait le visage de Duncan. Brusquement elle nous parut plus courte, parce qu'elle lui avait percé la poitrine. Duncan tomba sur l'herbe. C'est alors qu'il dit d'une voix très faible :

« Comme c'est étrange ! Tout ceci semble un rêve. »

Il ne ferma pas les yeux, il ne bougea pas, et moi j'avais vu un homme en tuer un autre.

Maneco Uriarte s'inclina sur le mort et lui demanda pardon. Il sanglotait sans retenue. L'acte qu'il venait de commettre le dépassait. Je sais maintenant qu'il se repentait moins d'un crime que de l'exécution d'une action insensée.

Je ne voulus pas en voir davantage. Ce que j'avais souhaité s'était produit et j'en étais brisé. Lafinur me dit par la suite qu'ils avaient eu du mal à retirer l'arme. Un conciliabule se tint. On résolut de mentir le moins possible et de hausser le combat au couteau au rang de duel à l'épée. Quatre d'entre nous s'offrirent comme témoins, parmi lesquels Acebal. Tout s'arrange à Buenos Aires, on y est toujours l'ami de quelqu'un.

Sur la table d'acajou, on laissa pêle-mêle les cartes à jouer et de l'argent que personne ne voulait voir ni toucher.

Au cours des années suivantes, j'eus l'envie plus d'une fois de confier cette histoire à un ami, mais je sentis toujours qu'être en possession d'un secret me satisfaisait plus que de le raconter. Vers 1929, le hasard d'une conversation me poussa soudain à rompre ce long silence. Le commissaire en retraite don José Olave m'avait raconté des histoires de truands du quartier du Retiro ; il me fit remarquer que ces gens étaient capables de n'importe quelle félonie pour avoir le dessus, et qu'avant les Podestá et Gutiérrez il n'y avait presque jamais eu de duels réguliers entre Argentins. Je lui dis que j'avais, moi, été témoin d'un duel et je lui racontai ce qui s'était passé jadis.

Il m'écouta avec une attention professionnelle, puis il me dit :

« Vous êtes sûr qu'Uriarte et l'autre n'avaient jamais pratiqué auparavant ? Un précédent séjour à la campagne leur avait peut-être bien servi à s'y essayer.

— Non », lui répondis-je. Tous les convives ce soir-là se connaissaient de longue date et tous étaient stupéfaits.

Olave reprit lentement, comme s'il pensait tout haut :

« L'une des dagues avait la garde en forme de U. Parmi les dagues de ce type, il y en eut deux qui furent célèbres : celle de Moreira et celle de Juan Almada, à Tapalquén. »

Quelque chose s'éveilla dans ma mémoire ; Olave poursuivit :

« Vous avez aussi parlé d'un couteau à manche de bois, marqué du signe de l'Arbre. Des armes de ce genre, il y en a mille, mais l'une d'elles… »

Il s'arrêta un moment et il poursuivit :

« M. Acevedo avait sa propriété de campagne près de Pergamino. Dans ces parages précisément vivait, à la fin du siècle dernier, un autre fameux bagarreur : Juan Almanza. Depuis son premier meurtre, à quatorze ans, il se servait toujours d'un de ces couteaux à lame courte parce que cela lui avait porté chance. Juan Almanza et Juan Almada s'étaient voué une haine réciproque, parce que les gens les confondaient. Ils se cherchèrent pendant longtemps, sans jamais se trouver. Juan Almanza fut tué par une balle perdue, au cours d'élections. L'autre mourut, je crois, de mort naturelle à l'hôpital de Las Flores. »

Nous ne nous dîmes rien de plus ce soir-là. Nous étions pensifs.

Neuf ou dix hommes, qui sont morts aujourd'hui, ont vu ce que virent mes yeux – la longue estocade à travers un corps et ce corps gisant à la belle étoile – mais ce qu'ils virent en réalité ce fut la fin d'une histoire bien plus ancienne. Ce n'est pas Maneco Uriarte qui tua Duncan ; ce furent les armes et non point les hommes qui combattirent. Elles avaient dormi, côte à côte, dans une vitrine, jusqu'à ce que des mains humaines soient venues les réveiller. Elles ont dû frémir en sortant de leur sommeil. Voilà pourquoi trembla la main d'Uriarte et voilà pourquoi trembla celle de Duncan. Les deux armes savaient combattre – tellement mieux que les hommes qui étaient ici leurs instruments – et elles combattirent bien cette nuit-là. Elles s'étaient cherchées longuement par les longs chemins de la province, et elles avaient fini par se rencontrer, alors que leurs gauchos n'étaient plus que poussière. Dans le sommeil de leur acier veillait une rancœur humaine.

Les choses durent plus que les gens. Qui peut savoir si cette histoire est terminée, qui peut savoir si ces armes ne se retrouveront pas un jour ?

Juan Muraña

Pendant des années j'ai répété que j'avais été élevé à Palermo. Je sais maintenant qu'il s'agit d'une simple vantardise littéraire ; le fait est que j'ai grandi de l'autre côté d'une longue grille en fer de lance, dans une maison avec un jardin, et dans la bibliothèque de mon père et de mes grands-parents. Le Palermo du couteau et de la guitare rôdait, m'assure-t-on, aux coins des rues ; en 1930, je consacrai une étude à Carriego, notre voisin, qui chanta et exalta les faubourgs. Le hasard me fit rencontrer, peu après, Emilio Trapani. J'allais à Morón ; Trapani, qui était assis près de la fenêtre du compartiment, m'appela par mon nom. Je mis un certain temps avant de le reconnaître ; tant d'années avaient passé depuis le temps où nous partagions le même banc dans l'une des écoles de la rue Thames. Roberto Godel doit s'en souvenir.

Nous n'avions jamais sympathisé. Le temps nous sépara tout comme notre mutuelle indifférence. Il m'avait appris, je m'en souviens maintenant, les rudiments de l'argot de l'époque. Nous engageâmes une de ces conversations banales qui s'acharnent à retrouver des faits inutiles et qui nous révèlent le décès d'un condisciple qui n'est plus désormais qu'un nom dans notre souvenir. Soudain Trapani me dit :

« On m'a prêté ton livre sur Carriego. Tu y parles tout le temps de mauvais garçons ; mais dis-moi, Borges, qu'est-ce que tu peux bien savoir d'eux ? »

Il me regardait avec une manière de sainte horreur.

« Je me suis documenté », lui répondis-je.

Il ne me laissa pas poursuivre et me dit :

« Documenté, voilà le mot. Moi, je n'ai pas besoin de me documenter ; je les connais, moi, ces gens-là. »

Après un silence, il ajouta, comme s'il me confiait un secret :

« Je suis le neveu de Juan Muraña. »

Parmi les bagarreurs de Palermo à la fin du siècle dernier, le plus fameux était Muraña. Trapani continua :

« Florentina, ma tante, était sa femme. L'histoire peut t'intéresser. »

Un certain ton emphatique, fleurant la rhétorique, et certaines phrases trop longues me firent soupçonner que ce n'était pas la première fois qu'il racontait cette histoire.

Il a toujours déplu à ma mère que sa sœur ait uni sa vie à celle de Juan Muraña, qui pour elle était un homme sans cœur et pour tante Florentina un homme d'action. On a raconté bien des choses à propos de mon oncle. On a même dit qu'une nuit qu'il était ivre, il était tombé du siège de sa charrette en tournant à l'angle de la rue Coronel et qu'il s'était fracturé le crâne sur les cailloux. On a dit aussi que la police le recherchait et qu'il s'enfuit en Uruguay. Ma mère, qui n'avait jamais pu supporter son beau-frère, ne m'expliqua jamais le fond des choses. J'étais très jeune et je ne garde aucun souvenir de lui.

Vers l'année du Centenaire, nous habitions, dans le passage Russell, une maison longue et étroite. La porte de derrière, qui était toujours fermée à clef, donnait sur la rue San Salvador. Dans une pièce du grenier vivait ma tante, déjà âgée et dont le cerveau était un peu dérangé. Maigre et osseuse, elle était, ou du moins elle me semblait être, très grande, et elle parlait peu. Elle craignait les courants d'air, ne sortait jamais, ne nous laissait pas entrer dans sa chambre et je la surpris plus d'une fois volant ou cachant de la nourriture. On disait dans le quartier que la mort, ou la disparition, de Muraña l'avait rendue folle. Je l'ai toujours vue habillée de noir. Elle avait pris l'habitude de parler toute seule.

La maison appartenait à un certain M. Luchessi, un barbier du quartier de Barracas. Ma mère était couturière en chambre et vivait durement. Sans bien les comprendre, j'entendais des mots chuchotés en secret : huissier, saisie, échéances, expulsion. Ma mère était extrêmement affligée ; ma tante répétait obstinément : Juan ne va pas permettre que cet Italien nous chasse. Elle rappelait l'histoire – que nous savions par cœur – d'un insolent, venu du sud de la ville, qui avait osé mettre en doute le courage de son mari. Ce dernier, quand il avait appris la chose, s'en était allé à l'autre bout de la ville, l'avait cherché, lui avait réglé son affaire d'un coup de couteau et l'avait jeté dans le Riachuelo. Je ne sais si l'histoire est véridique ; ce qui importe aujourd'hui c'est que le fait ait été rapporté et qu'on y ait cru.

Je me voyais dormant dans les terrains vagues de la rue Serrano, mendiant ou vendant des pêches dans un panier. Cette dernière solution me tentait, car elle m'aurait dispensé d'aller à l'école.

Je ne sais combien de temps dura notre angoisse. Ton défunt père nous dit un jour qu'on ne peut mesurer le temps avec des jours, comme on compte l'argent en centimes ou en pesos, parce que les pesos sont tous pareils tandis que chaque jour est différent, et peut-être même chaque heure. Je ne compris pas très bien ce qu'il disait, mais sa phrase resta gravée dans ma mémoire.

Une de ces nuits-là je fis un rêve qui s'acheva en cauchemar. Je rêvai de mon oncle Juan. Je ne l'avais jamais connu, mais je me l'imaginais, métissé d'Indien, robuste, avec une fine moustache et des cheveux longs. Nous allions vers le Sud, à travers de grandes prairies et des maquis, mais ces prairies et ces maquis étaient aussi la rue Thames. Dans mon rêve, le soleil était haut dans le ciel. L'oncle Juan portait un costume noir. Il s'arrêta près d'une sorte d'échafaudage, dans un passage étroit. Il avait mis sa main sous sa veste, à la hauteur de son cœur, non comme quelqu'un qui va sortir une arme, mais comme pour en cacher une. D'une voix très triste il me dit : « J'ai beaucoup changé. » Il ressortit sa main et je vis une serre de vautour. Je me réveillai en hurlant dans le noir.

Le lendemain ma mère m'obligea à l'accompagner chez Luchessi. Je savais qu'elle allait lui demander un délai ; elle m'emmenait sans doute pour que son créancier comprît son désarroi. Elle n'en avait soufflé mot à sa sœur, qui ne lui aurait pas permis de s'abaisser de la sorte. Je n'avais jamais été dans le quartier de Barracas ; il me sembla qu'il y avait là plus de monde, plus de trafic et moins de terrains vagues. En tournant au coin de la rue nous aperçûmes des agents et un attroupement devant le numéro que nous cherchions. Un voisin répétait de groupe en groupe que vers les 3 heures du matin il avait été réveillé par des coups frappés à la porte de Luchessi ; il avait entendu celle-ci s'ouvrir et quelqu'un entrer. Personne ne l'avait refermée ; à l'aube on avait trouvé Luchessi étendu dans l'entrée, à demi vêtu. Il avait été tailladé à coups de couteau. L'homme vivait seul ; la police ne trouva jamais le coupable. On n'avait rien volé. Quelqu'un rappela que le défunt, ces temps derniers, avait presque perdu la vue. Quelqu'un d'autre dit d'un ton péremptoire : « Son heure était sans doute venue. » Cette sentence et le ton de la voix m'impressionnèrent ; je pus observer avec le temps que, chaque fois qu'une personne meurt, il y a toujours quelqu'un pour faire cette même découverte.

Les gens de la veillée funèbre nous invitèrent à prendre du café et j'en bus une tasse. Dans le cercueil, il y avait un visage de cire à la place du mort. Je signalai la chose à ma mère ; l'un des employés des pompes funèbres rit et m'expliqua que cette forme habillée de noir était M. Luchessi. Je restai comme fasciné à le regarder. Ma mère dut me tirer par le bras.

Durant des mois, on ne parla pas d'autre chose. Les crimes, alors, étaient rares ; rappelle-toi le raffut que fit l'affaire Melena, Campana et Silletero ! La seule personne de Buenos Aires dont pas un cheveu ne se dressa sur la tête fut la tante Florentina. Elle répétait avec l'insistance du grand âge : « Je vous avais bien dit que Juan n'allait pas permettre à l'Italien de nous jeter à la rue. »

Un jour, il plut à verse. Comme je ne pouvais pas aller à l'école, je me mis à inspecter la maison. Je montai au grenier. Ma tante se tenait là, les mains croisées ; je me rendis compte qu'elle ne pensait à rien. La chambre sentait le renfermé. Dans un coin il y avait un lit en fer, avec un chapelet suspendu à l'un des barreaux ; dans un autre coin, un coffre en bois pour ranger les vêtements. Sur l'un des murs blanchis à la chaux était accrochée une image de la Vierge du Carmel. Sur la table de nuit était posé un bougeoir.

Sans lever les yeux, ma tante me dit :

« Je sais ce qui t'amène ici. C'est ta mère qui

t'envoie. Elle ne veut pas comprendre que c'est Juan qui nous a sauvés.

— Juan ? me risquai-je à dire. Juan est mort il y a dix ans.

— Juan est ici, me dit-elle. Tu veux le voir ? »

Elle ouvrit le tiroir de la table de nuit et en sortit un poignard.

Elle continua d'une voix douce :

« Le voilà. Je savais qu'il ne m'abandonnerait jamais. Il n'y a jamais eu sur la terre un homme comme lui. Il n'a pas laissé à l'Italien le temps de dire ouf ! »

C'est alors seulement que je compris. Cette pauvre insensée avait assassiné Luchessi. Poussée par la haine, la folie et peut-être, qui sait, par l'amour, elle s'était faufilée par la porte de derrière, avait traversé en pleine nuit des rues et des rues, avait enfin trouvé la maison et, de ses grandes mains osseuses, elle avait enfoncé le poignard dans le corps de l'homme. Le poignard c'était Muraña, c'était le mort qu'elle continuait à chérir.

Je n'ai jamais su si elle avait confié l'histoire à ma mère. Elle mourut peu avant notre expulsion.

Ici prend fin le récit de Trapani, que je n'ai plus revu par la suite. Dans l'histoire de cette femme qui, demeurée seule, confond son homme, son tigre, avec cette chose cruelle qu'il lui a laissée, l'arme de ses crimes, je crois entrevoir un symbole, sinon plusieurs. Juan Muraña fut un homme qui déambula dans des rues qui me sont familières, qui sut ce que savent les hommes, qui connut le goût de la mort, qui fut ensuite un couteau, puis le souvenir d'un couteau et qui demain ne sera plus qu'oubli, l'oubli ordinaire.

La vieille dame

Le 14 janvier 1941, María Justina Rubio de Jáuregui allait avoir cent ans. C'était la seule fille encore en vie d'hommes ayant fait la guerre de l'Indépendance.

Le colonel Mariano Rubio, son père, avait été ce qu'on peut appeler sans irrévérence un héros mineur. Né sur la paroisse de la Merced, fils de propriétaires terriens, promu au grade de sous-lieutenant dans l'armée des Andes, il prit part à la bataille de Chacabuco, à la défaite de Cancha Rayada, au combat de Maipú et, deux ans plus tard, à celui d'Arequipa. On raconte qu'à la veille de cette bataille, José de Olavarría et lui avaient échangé leurs épées. Au début d'avril 1823 devait se dérouler la fameuse bataille de Cerro Alto qui, parce qu'elle eut lieu dans la vallée, est appelée habituellement la bataille de Cerro Bermejo. Toujours envieux de nos titres de gloire, les Vénézuéliens attribuent cette victoire au général Simón Bolívar, mais l'observateur impartial, l'historien argentin, n'est pas dupe et sait très bien que les lauriers en reviennent au colonel Mariano Rubio. Celui-ci, à la tête d'un régiment de hussards colombiens, décida de la victoire dans un combat incertain au sabre et à la lance, qui préluda à la non moins fameuse bataille d'Ayacucho, à laquelle il prit également part et où il fut blessé. En 1827, il eut l'occasion de combattre avec intrépidité à Ituzaingó, sous les ordres directs d'Alvear. Malgré sa parenté avec Rosas, il fut un partisan de Lavalle et il dispersa les guérilleros au cours d'un combat qu'il considéra toujours comme une simple escarmouche. Mais après la déroute des unitaires, il émigra en Uruguay où il se maria. Au cours de la Grande Guerre[1], il mourut à Montevideo, lors du siège de cette ville par les troupes d'Oribe. Il allait avoir quarante-quatre ans, ce qui était alors presque la vieillesse. Il fut l'ami de Florencio Varela[2]. Il est fort probable que les professeurs de l'École militaire l'auraient recalé ; il n'avait fait ses classes que sur les champs de bataille et n'avait pas passé le moindre examen. Il laissait deux filles, dont María Justina, la cadette, est celle qui nous occupe.

À la fin de 1853, la veuve du colonel et ses filles se fixèrent à Buenos Aires. Elles ne récupérèrent pas leurs biens fonciers qui avaient été confisqués par le tyran, mais le souvenir de ces hectares perdus, qu'elles n'avaient pourtant jamais

1. Entre l'Argentine et l'Uruguay (1843-1851). Le traité de paix déclara qu'il n'y avait eu ni vainqueurs ni vaincus. (*N.d.T.*)

2. Écrivain et poète argentin (1807-1848). (*N.d.T.*)

vus, subsista longtemps dans la famille. À dix-sept ans, María Justina épousa le docteur Bernardo Jáuregui qui, bien que civil, se battit à Pavón et à Cepeda et mourut dans l'exercice de sa profession pendant l'épidémie de fièvre jaune. Il laissait un fils et deux filles : Mariano, l'aîné, était inspecteur des contributions ; il fréquentait assidûment la Bibliothèque nationale et les Archives, avec le désir d'écrire une biographie exhaustive du héros, qu'il n'acheva jamais, à supposer qu'il l'ait même un jour commencée. L'aînée des filles, María Elvira, épousa un de ses cousins, un Saavedra, employé au ministère des Finances ; Julia, la seconde, épousa un certain Molinari qui, malgré son nom italien, était un professeur de latin et une personne fort cultivée. Je passe sur les petits-enfants et les arrière-petits-enfants : il suffit que mon lecteur imagine une famille honorable ayant eu des revers de fortune, dominée par une ombre épique et par cette fille née en exil.

Ils vivaient modestement à Palermo, non loin de l'église de Guadalupe, et Mariano se souvient d'avoir encore vu, d'un tramway de la Gran Nacional, une lagune bordée çà et là par quelques fermes en brique sans crépi ni tôle ondulée ; la pauvreté jadis était moins misérable que celle qu'occasionne aujourd'hui l'industrie. Les fortunes elles aussi étaient moindres.

Les Rubio habitaient au-dessus d'une mercerie du quartier. L'escalier latéral était très étroit ; à droite, la rampe se prolongeait le long d'un obscur vestibule où il y avait un portemanteau et des chaises. Ce vestibule donnait accès à un petit salon meublé de fauteuils recouverts de tapisserie, et ce petit salon était suivi de la salle à manger, avec son mobilier d'acajou et une vitrine. Les persiennes en fer, toujours closes pour protéger du soleil, laissaient passer une lumière tamisée. Je me souviens d'une odeur de renfermé. Au fond de l'appartement se trouvaient les chambres, la salle de bains, une courette avec un bac à linge et une chambre de bonne. Il n'y avait, dans toute la maison, d'autres livres qu'un volume d'Andrade[1], une monographie du héros avec des notes manuscrites, et le dictionnaire hispano-américain de Montaner et Simón, acheté parce qu'on pouvait le payer à tempérament, ainsi que le petit meuble qui le contenait. La famille vivait d'une pension, laquelle était toujours versée avec un certain retard, et grâce à la location d'une terre – seul reste du domaine, autrefois immense – près de Lomas de Zamora.

À l'époque où se situe mon récit, la vieille dame vivait avec Julia, devenue veuve, et avec l'un des fils de cette dernière. Elle continuait à dire pis que pendre d'Artigas, de Rosas et d'Urquiza ; la Première Guerre mondiale, qui lui fit détester les Allemands, dont elle savait fort peu de choses, représenta pour elle moins de réalité que la révolution de 90 et la charge de Cerro Alto. Depuis 1932, elle s'éteignait peu à peu ; les

1. Alegario Andrade, poète et journaliste argentin (1838-1884). (*N.d.T.*)

métaphores communes sont les meilleures, parce qu'elles seules sont vraies. Elle professait, bien entendu, la foi catholique, ce qui ne signifiait pas qu'elle crût en un seul Dieu en trois personnes, ni même en l'immortalité de l'âme. Elle marmonnait des prières qu'elle ne comprenait pas et ses mains égrenaient son chapelet. Au lieu de Pâques et du Jour des rois, elle avait adopté la fête de Noël, tout comme elle avait remplacé le maté par le thé. Les mots *protestant, juif, franc-maçon, hérétique* et *athée* étaient pour elle synonymes et ne voulaient d'ailleurs rien dire. Aussi longtemps qu'elle le put, elle ne parla pas d'Espagnols mais de Goths, comme l'avaient fait ses parents. En 1910, elle ne voulut pas croire que l'infante Isabelle, qui en fin de compte était une princesse, parlât – chose incroyable – comme une Galicienne quelconque et non comme une dame argentine. Ce fut à la veillée funèbre de son gendre qu'une parente riche, qui n'avait jamais mis les pieds chez elle mais dont le nom était abondamment cité dans la chronique mondaine des journaux, lui apprit cette nouvelle déconcertante. La terminologie de Mme Jáuregui fut toujours démodée ; elle parlait de la rue des Arts, de la rue du Temple, de la rue du Bon-Ordre, de la rue de la Pitié, des deux rues Longues, de la place du Parc et de celle des Grands-Portails. La famille utilisait avec affectation ces archaïsmes qui chez la vieille dame étaient spontanés. On parlait d'Orientaux et non d'Uruguayens. Elle ne sortait pas de la maison ; elle ne se doutait probablement pas que Buenos Aires s'était transformé et agrandi. Les premiers souvenirs sont les plus vivaces ; la cité que cette dame imaginait de l'autre côté de la porte de la rue devait être bien antérieure à celle du temps où ils avaient été obligés de quitter le centre de la ville. Les bœufs des charrettes se reposaient sans doute encore sur la place de l'Once et les violettes mortes embaumaient sûrement les villas de Barracas. *Je ne rêve plus qu'à des morts* fut l'une des dernières choses qu'on lui ait entendu dire. Elle n'avait jamais été sotte, mais elle n'avait pas goûté, que je sache, aux joies intellectuelles ; du moins lui resta-t-il celles qu'offre la mémoire et ensuite celles de l'oubli. Elle avait toujours été généreuse. Je me souviens de son regard clair et serein, et de son sourire. Qui sait les passions ardentes et tumultueuses, aujourd'hui perdues, qui troublèrent cette vieille femme, jadis charmante. Aimant beaucoup les plantes, dont l'humble vie silencieuse ressemblait à la sienne, elle cultivait dans sa chambre des bégonias et elle palpait leurs feuilles qu'elle ne voyait plus. Jusqu'en 1929, année où elle sombra dans un état de demi-rêve, elle racontait des événements historiques, mais toujours avec les mêmes mots et dans le même ordre, tout comme elle aurait récité le Notre Père, et je soupçonne qu'ils n'évoquaient plus chez elle aucune image. Elle mangeait indifféremment ce qu'on lui servait. En somme, elle était heureuse.

Le sommeil, on le sait, est le plus secret de nos actes. Nous lui consacrons le tiers de notre vie et nous ne le comprenons pas. Pour certains ce n'est qu'une éclipse de notre état de veille ; pour d'autres, il est un état plus complexe, qui englobe à la fois le passé, le présent et l'avenir ; pour d'autres encore, ce n'est qu'une suite ininterrompue de rêves. Dire que Mme Jáuregui passa dix ans dans un chaos tranquille est peut-être une erreur ; chaque instant de ces dix années peut avoir été un pur présent, sans passé ni avenir. Ne nous étonnons pas outre mesure de ce présent que nous comptons en jours et en nuits, par les centaines de feuilles d'un grand nombre de calendriers, par nos angoisses et par nos actes ; c'est ce présent que nous franchissons chaque matin avant de nous réveiller et chaque soir avant de nous endormir. Chaque jour, à deux reprises, nous sommes la vieille dame.

Les Jáuregui avaient, nous l'avons vu, une position sociale un peu en porte à faux. Ils croyaient appartenir à l'aristocratie, mais les gens du monde les ignoraient ; ils descendaient d'un héros que les manuels d'histoire oubliaient habituellement de mentionner. Il est vrai qu'une rue commémorait son nom, mais cette rue, que très peu de gens connaissaient, était perdue au fin fond du cimetière de l'Ouest.

La date approchait. Le dix, un militaire en uniforme se présenta, porteur d'une lettre signée par le ministre en personne annonçant sa visite pour le quatorze ; les Jáuregui montrèrent cette lettre à tout le voisinage et firent remarquer l'en-tête et la signature autographe. Puis vinrent les journalistes pour la rédaction de leurs articles.

La famille leur fournit tous les renseignements nécessaires ; il était évident que ces journalistes n'avaient jamais entendu parler du colonel Rubio. Des gens presque inconnus téléphonèrent pour se faire inviter.

On se prépara activement pour le grand jour. On cira les parquets, on nettoya les vitres des fenêtres, on enleva la mousseline des lustres, on astiqua l'acajou, on fit briller l'argenterie de la vitrine, on modifia la disposition des meubles et on ouvrit le piano pour faire admirer le couvre-clavier en velours. Ce n'était qu'allées et venues. La seule personne étrangère à ce remue-ménage était Mme Jáuregui qui semblait ne rien comprendre. Elle souriait. Julia, aidée de la servante, la prépara avec recherche comme si elle était déjà morte. La première chose que les visiteurs verraient en entrant serait le portrait peint à l'huile du héros et un peu plus bas, à droite, l'épée de ses nombreux combats. Même en période de pénurie, on avait toujours refusé de la vendre, et on pensait en faire don au Musée historique. Une voisine fort obligeante avait prêté pour l'occasion un pot de géranium.

La réception commencerait à 7 heures. On l'avait annoncée pour 6 heures et demie, sachant bien qu'on n'aime pas arriver pour allumer les chandelles. À 7 h 10, il n'y avait personne. On discuta, non sans une certaine acrimonie, des avantages et des inconvénients de l'exactitude. Elvira, qui se vantait d'arriver toujours à l'heure dite, décréta que c'était une grossièreté impardonnable de faire attendre les gens ; Julia, en reprenant les propos de son mari, estima qu'arriver en retard était de la courtoisie, car si tout le monde en faisait autant c'était plus commode et personne ne bousculait personne. À 7 heures et quart la maison regorgeait de monde. Tout le quartier put voir et jalouser la voiture et le chauffeur de Mme Figueroa, qui ne les invitait presque jamais, mais qu'ils reçurent chaleureusement, pour que personne ne puisse se douter qu'ils ne se voyaient qu'en de très rares occasions. Le Président envoya son aide de camp, un monsieur fort aimable, qui assura que c'était pour lui un grand honneur de serrer la main de la fille du héros de Cerro Alto. Le ministre, qui dut partir assez vite, lut un discours alambiqué, dans lequel cependant il était davantage question de San Martín que du colonel Rubio. L'aïeule était assise dans son fauteuil, calée par des coussins, et de temps à autre elle inclinait sa tête ou laissait tomber son éventail. Un groupe de dames distinguées, les Dames de la Patrie, lui chantèrent l'hymne national, qu'elle sembla ne pas entendre. Les photographes placèrent l'assistance par groupes harmonieux et multiplièrent les flashes. Des petits verres de porto et de xérès circulaient sans trêve. On déboucha plusieurs bouteilles de champagne. Mme Jáuregui n'articula pas un seul mot ; peut-être ne savait-elle pas qui elle était. À partir de ce soir-là, elle ne quitta plus son lit.

Les invités partis, la famille improvisa un petit souper froid. L'odeur du tabac et du café avait vite dissipé celle, plus légère, du benjoin.

Les journaux du matin et ceux du soir mentirent loyalement ; ils vantèrent la mémoire miraculeuse de la fille du grand homme qui « constituait à elle seule les archives éloquentes de cent ans d'histoire argentine ». Julia voulut lui montrer ces articles. Dans la pénombre, la vieille dame demeurait immobile, les yeux clos. Elle n'avait pas de fièvre. Le médecin l'examina et déclara que tout allait bien. Elle mourut quelques jours plus tard. L'irruption de la foule, le tumulte insolite, les flashes, le discours, les uniformes, les serrements de main réitérés et le fracas des bouchons de champagne avaient hâté sa fin. Peut-être avait-elle cru à une irruption chez elle de la Mazorca[1].

Je pense aux morts de Cerro Alto, je pense aux hommes oubliés d'Amérique du Sud et d'Espagne qui périrent sous les sabots des chevaux, et je pense que l'ultime victime de cette armée de lanciers du Pérou devait être, plus d'un siècle après, une vieille dame.

1. Groupe de terroristes qui, sous la dictature de Rosas, commirent les pires atrocités. (*N.d.T.*)

Le duel

À Juan Osvaldo Viviano.

Henry James, dont l'œuvre me fut révélée par Mme Figueroa, l'une de mes deux héroïnes, n'aurait peut-être pas dédaigné cette histoire. Il lui aurait consacré plus de cent pages ironiques et tendres, ornées de dialogues complexes et scrupuleusement ambigus. Il est fort probable qu'il y eût ajouté quelque note mélodramatique. L'essentiel n'aurait pas été modifié par un décor différent : Londres ou Boston. Les faits se passèrent à Buenos Aires et je les y laisserai. Je me bornerai à un résumé de l'histoire, car la description de sa lente évolution et de son climat mondain est étrangère à mes habitudes littéraires. Dicter ce récit est pour moi une modeste aventure latérale. Je dois prévenir le lecteur que les épisodes importent moins que la situation qui les fit naître, et moins que les caractères.

Clara Figueroa, née Glencairn, était grande et d'un port altier ; elle avait une flamboyante chevelure rousse. Moins intellectuelle qu'intuitive, elle n'était pas spirituelle mais elle savait apprécier l'esprit de ses amis et même de ses amies. C'était une âme accueillante. Elle appréciait les différences ; c'est peut-être pourquoi elle voyagea tant. Elle savait que le milieu où il lui avait été donné de vivre était un composé, souvent arbitraire, de rites et de cérémonies, mais ces rites l'amusaient et elle les accomplissait avec dignité. Ses parents la marièrent, très jeune, à l'avocat Isidro Figueroa qui fut notre ambassadeur au Canada et qui finit par renoncer à ce poste, en alléguant qu'à l'époque du télégraphe et du téléphone les ambassades étaient un anachronisme et constituaient une charge inutile. Cette décision lui valut l'inimitié de tous ses collègues ; Clara aimait le climat d'Ottawa – après tout elle était d'ascendance écossaise – et les devoirs d'une femme d'ambassadeur ne lui déplaisaient pas, mais elle ne songea pas à protester. Figueroa mourut à quelque temps de là ; Clara, après quelques années d'indécision et de recherche intérieure, s'adonna à la peinture, inspirée peut-être en cela par l'exemple de son amie Marta Pizarro.

Fait caractéristique : on ne parlait jamais de Marta Pizarro sans préciser qu'elle était la sœur de la brillante Nélida Sara, qui vivait séparée de son mari.

Avant de choisir le pinceau, Marta Pizarro avait envisagé une carrière littéraire. Elle pouvait faire des mots d'esprit en français, langue habituelle de ses lectures ; l'espagnol, pour elle, n'était qu'un simple idiome, à usage domestique, comme l'était le guarani pour les dames de la province de Corrientes. Les journaux lui avaient permis de lire des pages de Lugones et du madrilène Ortega y Gasset ; le style de ces maîtres la confirma dans sa crainte que la langue à laquelle elle était prédestinée ne fût moins apte à l'expression de la pensée ou des passions qu'au vain bavardage. Elle ne connaissait en musique que ce qu'il faut en savoir pour ne pas paraître déplacée dans une salle de concert. Elle était de la province de San Luis ; elle commença sa carrière de peintre par de scrupuleux portraits de Juan Crisóstomo Lafinur et du colonel Pascual Pringles, portraits qui, comme cela était à prévoir, furent achetés par le Musée provincial. Du portrait des gloires locales elle passa aux vieilles maisons de Buenos Aires, dont elle peignit les modestes patios avec des couleurs non moins modestes, et sans le décor tapageur dont d'autres les gratifient. Quelqu'un prétendit – ce ne fut certainement pas Mme Figueroa – que son art s'inspirait directement des maîtres génois du XIXe siècle. Entre Clara Figueroa et Nélida Sara (laquelle, dit-on, avait été dans le temps amoureuse d'Isidro Figueroa) il y eut toujours une certaine rivalité ; peut-être le duel eut-il lieu entre elles deux et Marta ne fut-elle qu'un instrument.

Tout, on le sait, commence à l'étranger avant d'arriver enfin chez nous. Le groupe des peintres, aujourd'hui si injustement oubliés, qu'on appela concrets ou abstraits, comme pour indiquer leur mépris de la logique et du langage, en est un exemple parmi tant d'autres. Ils estimaient, je crois, que tout comme la musique a le droit de créer son propre univers de sons, la peinture, sa sœur, pouvait s'essayer à des couleurs et des formes qui ne reproduisaient pas les choses que voient nos yeux. Lee Kaplan écrivit que ses toiles, qui irritaient les bourgeois, prenaient en compte l'interdiction biblique, partagée par l'Islam, de reproduire avec des mains humaines des figures d'êtres vivants. Les iconoclastes, arguait-il, étaient en train de restaurer l'authentique tradition de l'art plastique, falsifié par des hérétiques tels que Dürer ou Rembrandt. Ses détracteurs l'accusaient d'avoir invoqué l'exemple que nous fournissent les tapis, les kaléidoscopes et les cravates. Les révolutions esthétiques proposent aux gens la tentation de l'irresponsabilité et de la facilité ; Clara Figueroa avait choisi d'être un peintre abstrait. Elle avait toujours professé un culte pour Turner ; elle s'apprêta à enrichir l'art concret de ses splendeurs imprécises. Elle travailla sans hâte, refit ou détruisit diverses compositions et, au cours de l'hiver 1954, elle exposa une série d'aquarelles dans une galerie de la rue Suipacha qui se spécialisait dans les œuvres qu'une métaphore militaire, alors en vogue, appelait d'avant-garde. Fait paradoxal, la critique dans son ensemble fut bienveillante, mais l'organe officiel de la secte désapprouva ces formes anormales qui, sans être figuratives, suggéraient les turbulences d'un coucher de soleil, d'une forêt ou de la mer et ne se résignaient pas à n'être que des cercles ou des raies austères. La première à en sourire fut probablement Clara Glencairn. Elle avait voulu être moderne et les modernes la rejetaient. La réalisation de son œuvre lui importait plus que son succès et elle continua à travailler. Étrangère à cet épisode, la peinture suivait son chemin.

Le duel secret avait commencé. Marta n'était pas seulement une artiste ; elle s'intéressait avec ardeur à ce qu'il n'est pas injuste d'appeler le côté administratif de l'art et elle était secrétaire adjointe de l'association dite Cercle de Giotto. Vers le milieu de l'année 1955 elle obtint que Clara, déjà admise en tant que sociétaire, figurât nommément sur la liste des membres du bureau du comité. Ce fait, banal en apparence, mérite une analyse. En effet, Marta avait appuyé la candidature de son amie, mais on sait bien, si surprenant que cela puisse paraître, que la personne qui accorde une faveur a, en quelque sorte, barre sur celle qui en bénéficie.

Vers 1960, « deux pinceaux de classe internationale » – qu'on nous pardonne ce jargon – se disputaient le premier prix. L'un des candidats, le plus âgé, avait fait des portraits solennels de gauchos terrifiants, d'une taille scandinave ; son rival, très jeune, avait recueilli des suffrages et soulevé un scandale avec ses compositions d'une incohérence très étudiée. Les membres du jury, qui avaient tous dépassé la cinquantaine, craignaient qu'on ne les taxât d'être vieux jeu et penchaient pour ce dernier qui, dans le fond, leur déplaisait. Il y eut des débats acharnés, d'abord pleins de courtoisie, puis qui traînèrent en longueur sans qu'on arrivât à se mettre d'accord. Au cours du troisième scrutin, quelqu'un dit :

« Je trouve que B. est mauvais ; en fait, je le trouve inférieur même à Mme Figueroa.

— Vous voteriez pour elle ? » dit un autre, non sans quelque malice.

« Oui », répliqua le premier, qui s'énervait.

Cet après-midi-là, le prix fut décerné à l'unanimité à Clara Figueroa. Elle était distinguée, charmante, d'une moralité sans tache, et elle donnait, dans sa villa du Pilar, des réceptions où les revues les plus coûteuses envoyaient toujours leurs photographes. Le classique banquet d'honneur fut organisé et offert par Marta. Clara la remercia en quelques mots bien sentis ; elle fit remarquer qu'il n'y a pas de contradiction entre le traditionnel et le moderne, entre l'ordre et l'aventure, et que la tradition est faite d'une trame séculaire d'aventures. Assistèrent à cette manifestation des gens du monde en grand nombre, presque tous les membres du jury, et quelques peintres.

Nous pensons tous que le hasard nous a réservé un genre de vie mesquin et que les autres façons de vivre valent mieux. Le culte des gauchos et le *Beatus ille* sont des nostalgies urbaines ; Clara et Marta, lasses des routines de la vie de société, enviaient le monde des artistes, gens qui consacrent leur existence à la création d'œuvres d'art. Je présume qu'au ciel les bienheureux pensent que les avantages de leur situation ont été exagérés par les théologiens qui n'y ont jamais mis les pieds. Peut-être en enfer les réprouvés ne sont-ils pas toujours heureux.

Deux ans plus tard, se tint à Cartagena le premier Congrès international des Arts plastiques latino-américains. Chaque République envoya son représentant. Le thème de la rencontre – qu'on nous pardonne ce jargon – était d'un intérêt palpitant : l'artiste peut-il ne pas tenir compte de ce qui est autochtone, peut-il omettre ou escamoter la faune et la flore, peut-il être insensible aux problèmes d'ordre social, peut-il ne pas joindre sa voix à celle de tous ceux qui combattent l'impérialisme anglo-saxon, etc. ? Avant d'être ambassadeur au Canada, Isidro Figueroa avait rempli à Cartagena une mission diplomatique ; Clara, quelque peu enorgueillie par son prix, eût aimé y retourner maintenant en tant qu'artiste. Son espoir fut déçu ; Marta Pizarro fut désignée par le gouvernement. Ses interventions (bien que pas toujours très convaincantes) furent bien souvent brillantes, selon le témoignage impartial des correspondants de presse de Buenos Aires.

On ne saurait vivre sans une passion. Les deux femmes la trouvèrent dans la peinture ou, plus exactement, dans la relation que celle-ci leur imposa. Clara Glencairn peignait contre Marta et d'une certaine façon pour Marta ; chacune était le juge de sa rivale et son seul public. Dans leurs toiles, que personne ne regardait plus, je crois déceler, comme cela était à prévoir, une influence réciproque. Il est important de ne pas oublier que toutes deux s'aimaient et qu'au cours de ce duel intime elles agirent avec une parfaite loyauté.

Ce fut à cette époque que Marta, qui n'était plus très jeune, repoussa une demande en mariage : elle ne s'intéressait qu'à son combat.

Le 2 février 1964, Clara Glencairn mourut d'une rupture d'anévrisme. Les colonnes des journaux lui consacrèrent de longs articles nécrologiques, comme on en écrit encore dans notre pays où la femme est un spécimen de l'espèce et non un individu. En dehors de quelques brèves allusions à ses talents picturaux et à son goût raffiné, on vanta ses sentiments religieux, sa bonté, sa philanthropie constante et presque anonyme, son lignage patricien – son père, le général Glencairn, avait pris part à la campagne du Brésil – et la place qu'elle occupait dans les plus hautes sphères de la société. Marta comprit alors que sa vie n'avait plus aucun sens. Elle ne s'était jamais sentie aussi inutile. Elle se rappela ses premières tentatives, maintenant lointaines, et elle exposa au Salon national un sobre portrait de Clara, à la manière de ces maîtres anglais qu'elles avaient tant admirés toutes les deux. Quelqu'un décréta que c'était là son chef-d'œuvre. Elle ne peignit jamais plus.

Dans ce duel délicat que seuls quelques intimes purent deviner, il n'y eut ni défaite ni victoire, pas même un affrontement ou des manifestations visibles autres que celles que j'ai tenté d'enregistrer d'une plume respectueuse. Seul Dieu (dont nous ignorons les préférences esthétiques) peut octroyer la palme finale. L'histoire qui se joua dans l'ombre retourne à l'ombre.

L'autre duel

Il y a déjà bien des années que Carlos Reyles, le fils du romancier uruguayen, me raconta cette histoire à Adrogué, par un soir d'été. Dans mon souvenir, maintenant, le récit d'une longue haine et sa fin tragique se confondent avec l'odeur médicinale de l'eucalyptus et le chant des oiseaux.

Comme toujours nous parlâmes des imbrications de l'histoire de nos deux patries. Il me dit que j'avais sans doute entendu parler de Juan Patricio Nolan, qui s'était taillé une réputation d'homme vaillant, de farceur et de polisson. Je répondis oui, en mentant. Nolan était mort vers les années quatre-vingt-dix, mais les gens continuaient à penser à lui comme on évoque un ami. Il eut aussi, bien entendu, ses détracteurs. Carlos me raconta l'une de ses nombreuses incartades. La chose s'était passée un peu avant la bataille de Manantiales ; les protagonistes en avaient été deux gauchos de Cerro Largo, Manuel Cardoso et Carmen Silveira.

Comment et pourquoi était née leur haine

réciproque ? Comment reconstituer, un siècle plus tard, l'obscure histoire de deux hommes, sans autre renommée que celle que leur valut leur duel final ? Un contremaître du père de Reyles, qui s'appelait Laderecha, et « qui portait une moustache de tigre », avait recueilli, par tradition orale, certains détails que je vais rapporter sans trop y croire, étant donné que l'oubli et la mémoire sont également inventifs.

Manuel Cardoso et Carmen Silveira avaient de petits domaines contigus. L'origine d'une haine, comme la naissance d'autres passions, est toujours énigmatique, mais il est possible qu'il s'agisse, en l'occurrence, d'une querelle à propos de bêtes non marquées ou d'une course à cru dans laquelle Silveira, qui était plus robuste, avait d'un coup d'épaule poussé hors de la piste la monture de Cardoso. Il y aurait eu, quelques mois plus tard, dans un bistrot de l'endroit, une longue partie de cartes jouée à deux ; Silveira félicitait son partenaire presque à chaque levée, mais il avait fini par le dépouiller jusqu'au dernier sou. En mettant l'argent dans sa ceinture, il avait remercié Cardoso de la leçon qu'il venait de lui donner. C'est alors, je crois, qu'ils avaient failli en venir aux mains. La partie avait été très agitée ; les assistants, qui étaient nombreux, les avaient séparés. En ce temps-là, en de tels accrochages, l'homme provoquait l'homme, le couteau appelait le couteau ; un trait singulier de cette histoire est que Manuel Cardoso et Carmen Silveira avaient eu l'occasion de se rencontrer plus d'une fois dans la montagne, au crépuscule ou à l'aube, et que, jusqu'à l'épilogue de cette histoire, ils ne s'étaient jamais battus. Peut-être, dans leurs pauvres vies rustiques, leur haine était-elle leur seul bien, aussi l'accumulaient-ils jour après jour. Sans s'en douter, chacun d'eux était devenu l'esclave de l'autre.

Je ne sais plus si les événements que je vais raconter sont des effets ou des causes. Cardoso, moins par amour que par oisiveté, s'éprit d'une jeune fille du voisinage, la Serviliana ; dès que Silveira apprit la chose, il courtisa la fille à sa façon et l'emmena dans sa ferme. Au bout de quelques mois il la renvoya parce qu'il en avait assez. La femme, dépitée, voulut chercher refuge chez Cardoso ; celui-ci passa une nuit avec elle puis il la congédia à midi. Il ne voulait pas des restes de l'autre.

C'est vers cette époque, avant ou après la Serviliana, qu'eut lieu l'incident du chien. Silveira s'y était fort attaché et l'avait baptisé Trente-Trois. On le trouva mort dans un ravin ; Silveira ne fut pas long à soupçonner qui l'avait empoisonné.

À l'approche de l'hiver 1870, la révolution d'Aparicio les trouva réunis dans ce même bistrot où ils avaient disputé leur partie de cartes. À la tête d'une escouade de guérilleros, un Brésilien mulâtre harangua l'assistance, leur dit que la patrie avait besoin d'eux, que la tyrannie du gouvernement était intolérable ; il leur distribua des insignes blancs et, après cet exorde auquel ils ne comprirent rien, il les embarqua tous. Il ne leur laissa même pas le temps de faire leurs adieux à leurs familles. Manuel Cardoso et Carmen Silveira s'accommodèrent de leur sort ; la vie du soldat n'était pas plus rude que la vie du gaucho. Dormir à la belle étoile, sur un sac, ils étaient faits à cela ; tuer des hommes coûte peu à la main habituée à tuer des animaux. Leur manque d'imagination les empêcha d'éprouver de la pitié ou de la peur, bien que cette dernière les ait parfois frôlés dans les premiers assauts. Le cliquetis des étriers et des armes est l'une des choses qui s'entendent toujours quand la cavalerie entre en action. L'homme qui n'a pas été blessé dès le début se croit ensuite invulnérable. Ils ne regrettèrent pas leur pays. Le concept de patrie leur était étranger ; malgré l'insigne blanc sur leur chapeau, peu leur importait d'être d'un parti ou d'un autre. Ils apprirent ce qu'on peut faire avec une lance. Au cours de leurs avances et de leurs replis, ils finirent par se rendre compte que le fait d'être camarades ne les empêchait pas de continuer à être rivaux. Ils combattirent l'un près de l'autre et n'échangèrent pas, que l'on sache, un seul mot.

L'automne de 1871, qui fut orageux, devait voir la fin de leur histoire.

Le combat, qui ne dura pas une heure, eut lieu en un endroit dont ils ne surent jamais le nom. Les noms sont mis après coup par les historiens. La veille, Cardoso s'était glissé à quatre pattes sous la tente de son chef et lui avait demandé à voix basse, s'ils étaient victorieux le lendemain, de lui réserver un prisonnier parce qu'il n'avait encore égorgé personne et qu'il voulait savoir quel effet cela pouvait faire. Son supérieur lui avait promis que, s'il se conduisait en homme courageux, il lui accorderait cette faveur.

Les Blancs étaient plus nombreux, mais les Rouges, qui disposaient d'un meilleur armement, les décimèrent en faisant feu du haut d'une colline. Après deux charges inutiles qui ne purent atteindre le sommet, leur chef, blessé à mort, se rendit. On l'acheva sur place, à sa demande.

Les hommes rendirent leurs armes. Le capitaine Juan Patricio Nolan, qui commandait les Rouges, ordonna dans un grand flot de paroles l'exécution classique des prisonniers. Il était de Cerro Alto et n'était pas sans connaître la vieille rancœur de Silveira et de Cardoso. Il les fit appeler et leur dit :

« Je sais que vous vous haïssez tous les deux et que vous cherchez à vous affronter depuis belle lurette. J'ai une bonne nouvelle à vous annoncer ; avant le coucher du soleil vous allez pouvoir montrer lequel de vous deux est le plus costaud. Je vais vous faire égorger debout, puis vous ferez la course. Dieu seul sait qui de vous deux gagnera. »

Le soldat qui les avait amenés repartit avec eux.

La nouvelle ne tarda pas à se répandre dans tout le camp. Nolan avait décidé que cette course serait le point final des actions de l'après-midi, mais les prisonniers lui envoyèrent un délégué pour lui dire qu'ils voulaient eux aussi être témoins de la course et parier sur l'un des deux. Nolan, qui était un homme raisonnable, se laissa convaincre ; on paria de l'argent, des vêtements, des armes blanches et des chevaux, qui seraient remis par la suite aux veuves et aux ayants droit. Il faisait une chaleur inhabituelle ; pour que tout le monde puisse faire la sieste, on retarda les choses jusqu'à 4 heures. Nolan, en bon créole, les fit attendre pendant une heure. Il devait sans doute commenter la victoire avec d'autres officiers ; l'ordonnance allait et venait avec la bouilloire pour le maté.

De chaque côté du chemin, le long des tentes, les prisonniers attendaient rangés en files, assis par terre, les mains attachées dans le dos, ce qui rendait plus facile leur surveillance. Certains lançaient des jurons, quelqu'un entama un Notre Père, presque tous étaient comme hébétés. Ils ne pouvaient naturellement pas fumer. Peu leur importait maintenant cette course, mais tous regardaient.

« Moi aussi, on va m'attraper par la tignasse, dit un envieux.

— Oui, mais avec tous les autres, lui répondit son voisin.

— Comme toi », répliqua l'autre.

Un sergent traça avec son sabre une raie en travers du chemin. On avait délié les mains de Silveira et de Cardoso pour qu'ils puissent courir à l'aise. Un espace de près de cinq mètres les séparait. Ils posèrent leurs pieds sur la raie ; certains des officiers leur demandèrent de ne pas flancher, parce qu'ils leur avaient fait confiance et qu'ils avaient parié sur eux de grosses sommes.

Pour Silveira, le sort désigna Pardo Nolan, dont les grands-parents avaient sans doute été esclaves de la famille du capitaine puisqu'il en portait le nom ; Cardoso eut l'égorgeur habituel, un homme âgé, originaire de Corrientes, qui pour rassurer les condamnés avait coutume de leur dire, en leur tapant sur l'épaule : « Courage, vieux ! Les femmes souffrent davantage quand elles accouchent. »

Le buste tendu en avant, les deux hommes, anxieux, ne se regardaient pas.

Nolan donna le signal.

Pardo, flatté du rôle qu'il avait à jouer, y alla carrément et fit à Silveira une belle entaille qui allait d'une oreille à l'autre ; l'homme de Corrientes se contenta d'une courte incision ; les hommes firent quelques pas et s'affalèrent au sol. Cardoso dans sa chute tendit les bras en avant. Il avait gagné, mais sans doute ne le sut-il jamais.

Guayaquil

Je ne verrai pas la cime du Higuerota se refléter dans les eaux du golfe Placide, je n'irai pas dans la Province occidentale, je ne déchiffrerai pas l'écriture de Bolívar dans cette bibliothèque que, de Buenos Aires, j'imagine de mille façons et qui a sans aucun doute des dimensions bien précises et des ombres qui se déploient.

Je relis ce paragraphe avant de rédiger le suivant et je suis surpris par son ton à la fois mélancolique et pompeux. Sans doute ne peut-on pas parler de cette république des Caraïbes sans imiter, même approximativement, le style monumental de son historien le plus célèbre, le capitaine José Korzeniovski ; mais dans mon cas il y a une autre raison. Un profond besoin de conférer un ton pathétique à un épisode un peu affligeant et plutôt banal m'a dicté ce premier paragraphe. Je raconterai cette histoire en toute honnêteté ; je parviendrai peut-être ainsi à la comprendre moi-même. De surcroît, rapporter un fait c'est cesser d'en être l'acteur pour en devenir le témoin, pour être celui qui l'observe et le narre, et qui dès lors n'en est plus le protagoniste.

La chose m'est arrivée vendredi dernier, dans cette pièce même où j'écris, à cette même heure de l'après-midi, un peu plus fraîche aujourd'hui. Je sais que nous avons tendance à oublier les choses désagréables ; je veux transcrire mon dialogue avec le professeur Eduardo Zimmermann, de l'université du Sud, avant que l'oubli ne l'efface. J'en garde encore un souvenir très précis.

Pour que mon récit soit compréhensible, il me faudra rappeler brièvement le destin curieux de certaines lettres de Bolívar, exhumées des archives du professeur Avellanos dont l'*Histoire de cinquante ans de désordres,* que l'on croyait perdue en des circonstances qui relèvent du domaine public, fut découverte et publiée en 1939 par son petit-fils, le professeur Ricardo Avellanos. À en juger par les références que j'ai recueillies dans diverses publications, ces lettres n'offrent pas grand intérêt, à l'exception de l'une d'entre elles, datée du 13 août 1822, à Cartagena, dans laquelle le Libérateur donne certains détails sur son entrevue avec le général San Martín. Inutile de souligner l'importance de ce document dans lequel Bolívar révèle, en partie, ce qui se passa à Guayaquil. Le professeur Ricardo Avellanos, farouchement opposé à tout ce qui est officiel, refusa de léguer cette correspondance à l'Académie d'histoire et l'offrit à diverses républiques latino-américaines. Grâce au louable zèle de notre ambassadeur, M. Melaza, le gouvernement argentin fut le premier à accepter cette offre désintéressée. On convint qu'un délégué se transporterait à Sulaco, capitale de la Province occidentale, et prendrait copie des lettres pour les faire publier chez nous. Le recteur de notre université, dans laquelle j'occupe la chaire d'histoire d'Amérique du Sud, eut la courtoisie de me recommander auprès du ministre pour l'accomplissement de cette mission ; j'obtins également les suffrages plus ou moins unanimes de l'Académie nationale d'histoire, dont je suis membre. Après qu'eut été fixée la date à laquelle me recevrait le ministre, nous apprîmes que l'université du Sud, qui ignorait, j'aime à le croire, ces décisions, avait proposé le nom du professeur Zimmermann.

Il s'agit, comme le sait peut-être le lecteur, d'un historien étranger, expulsé de son pays par le Troisième Reich et devenu citoyen argentin. De ses travaux, sans doute méritoires, je n'ai pu consulter qu'une défense de la république sémite de Carthage dont la postérité n'a pu se faire une idée qu'à travers les historiens romains, ses ennemis, ainsi qu'une sorte d'essai qui veut prouver que l'action de gouverner ne doit pas être un fait visible et pathétique. Cette thèse fut réfutée de façon décisive par Martin Heidegger qui démontra, à l'aide de photocopies des gros titres des journaux, qu'un chef d'État aujourd'hui, loin d'être anonyme, est bien plutôt le protagoniste, le chorège, le David dansant qui mime le drame de son peuple, servi par une pompeuse mise en scène et qui n'hésite pas à recourir aux hyperboles de l'art oratoire. Il prouva également que

Zimmermann était d'ascendance hébraïque, pour ne pas dire juive. Cette mise au point du célèbre existentialiste fut la cause immédiate de l'exode et des activités transhumantes de notre hôte.

Zimmermann était sans aucun doute venu à Buenos Aires pour avoir une entrevue avec le ministre ; ce dernier me suggéra à titre personnel, par l'entremise d'un secrétaire, d'avoir un entretien avec Zimmermann pour le mettre au courant de l'affaire et d'éviter que deux universités ne donnassent le spectacle regrettable de leur désaccord. J'acceptai, naturellement. De retour chez moi, on me dit que le professeur Zimmermann avait annoncé sa visite par téléphone pour 6 heures du soir. J'habite, comme on le sait, rue Chile. À 6 heures précises, on sonna chez moi.

Avec une simplicité toute républicaine, je lui ouvris moi-même la porte et le menai à mon bureau. Il s'arrêta pour contempler la cour intérieure ; le pavage noir et blanc, les deux magnolias et le puits déclenchèrent de sa part un flot de paroles. Il me parut un peu nerveux. Il n'y avait rien de particulièrement remarquable en lui ; il devait être âgé d'une quarantaine d'années, et il avait une assez grosse tête. Ses yeux étaient cachés sous des lunettes noires qu'il posait de temps à autre sur mon bureau et remettait ensuite sur son nez. Dès l'abord j'avais constaté avec satisfaction que j'étais plus grand que lui, puis j'eus honte aussitôt d'avoir éprouvé une telle satisfaction, étant donné qu'il ne s'agissait pas d'un duel physique ni même moral, mais d'une simple *mise au point*[1], peut-être désagréable. Je suis peu, sinon pas du tout, observateur, mais, pour user comme un certain poète de termes aussi disgracieux que la chose qu'ils définissent, je me souviens de son piètre accoutrement. Je vois encore ce complet bleu foncé où il y avait trop de boutons et trop de poches. Sa cravate, remarquai-je, était un de ces nœuds d'illusionniste qui s'ajustent avec des élastiques. Il avait une serviette de cuir que je supposai être pleine de documents. Il portait une petite moustache de coupe militaire ; au cours de la conversation, il alluma un cigare et je sentis alors qu'il y avait trop de choses sur ce visage. *Trop meublé*[1], me dis-je.

Ce qu'il y a de successif dans le langage exagère indûment les faits que l'on cite, car chaque mot occupe un espace dans la page et prend un instant de l'attention du lecteur ; en dehors de la banalité des signes extérieurs que je viens d'énumérer, l'homme donnait l'impression d'avoir eu un passé déplorable.

Dans mon bureau il y a un portrait ovale de mon arrière-grand-père, qui prit part aux guerres de l'Indépendance, et des vitrines où sont exposés des épées, des médailles et des drapeaux. Je lui montrai, en faisant quelques commentaires, ces vieilles et glorieuses reliques ; il les regardait hâtivement comme par devoir et complétait mes explications, non sans dire quelques impertinences qui me parurent involontaires, et qui étaient plutôt des lapsus. Il disait, par exemple :

1. En français dans le texte. (*N.d.T.*)

« Exact. Bataille de Junín, 6 août 1824. Charge de cavalerie de Juárez.

— De Suárez », corrigeai-je.

Je le soupçonne pourtant d'avoir fait délibérément cette erreur. Il écarta les bras avec un geste très oriental et s'exclama :

« Ma première erreur, qui ne sera pas la dernière ! Je me nourris de textes et je m'embrouille ; en vous, cet intéressant passé est vivant. »

Il prononçait les *v* comme des *f*.

Sa flatterie ne me plut pas. Mes livres l'intéressèrent davantage. Il laissa errer presque amoureusement son regard sur leur dos et je me souviens qu'il dit :

« Ah ! Schopenhauer, qui renia toujours l'Histoire… J'avais à Prague cette même édition, établie par Grisebach, et je croyais que je vieillirais en compagnie de ces volumes d'un format si maniable, mais justement l'Histoire, incarnée par un fou, m'expulsa de ma maison et de ma ville. Et me voici ici avec vous, en Amérique du Sud, dans votre accueillante demeure… »

Il parlait en faisant des fautes et avec volubilité ; son accent allemand imperceptible se mariait au zézaiement espagnol.

Nous étions maintenant assis et je profitai de ce qu'il venait de dire pour entrer dans le vif du sujet. Je lui dis :

« Ici l'Histoire est moins impitoyable. J'espère mourir dans cette maison où je suis né. C'est ici que mon arrière-grand-père apporta cette épée, qui s'est promenée dans tout le continent ; c'est d'ici que j'ai scruté le passé et que j'ai composé mes livres. Je puis presque dire que je n'ai jamais quitté cette bibliothèque, mais je vais enfin en sortir pour parcourir des contrées que je n'ai parcourues que sur les cartes. »

J'atténuai par mon sourire cet excès de rhétorique bien possible.

« Vous faites allusion à certaine république des Caraïbes ? dit Zimmermann.

— C'est exact. Et c'est à ce voyage imminent que je dois l'honneur de votre visite », lui répondis-je.

Trinidad nous servit du café. Je poursuivis avec une assurance calculée :

« Vous devez probablement savoir que le ministre m'a confié la mission de transcrire et de préfacer les lettres de Bolívar retrouvées par hasard dans les archives du professeur Avellanos. Cette mission couronne, par une sorte d'heureuse fatalité, l'œuvre de toute ma vie, l'œuvre qu'en quelque sorte je porte dans mon sang. »

Ce fut pour moi un soulagement que d'avoir dit ce que j'avais à dire. Zimmermann fit mine de ne pas m'avoir entendu ; ses yeux ne regardaient pas mon visage mais les livres derrière moi. Il acquiesça vaguement, puis il dit d'un ton emphatique :

« Dans votre sang ! Vous êtes un légitime historien. Vos ancêtres ont parcouru les terres d'Amérique et ont pris part à ses grandes batailles, tandis que ma famille, obscure, émergeait à peine du ghetto. L'histoire coule dans vos veines, selon vos paroles éloquentes ; il vous suffit d'écouter avec attention cette voix secrète. Moi, en revanche, je dois aller à Sulaco et déchiffrer des monceaux de papiers, peut-être apocryphes. Croyez-moi, monsieur le professeur, je vous envie. »

Aucun défi, aucune ironie ne perçait dans ces paroles ; elles n'étaient que l'expression d'une volonté qui faisait du futur quelque chose d'aussi irréfutable que le passé. Ses arguments importaient peu ; la force était dans l'homme et non dans sa dialectique. Zimmermann continua avec une lenteur toute pédagogique :

« À propos de Bolívar (pardon, de San Martín), votre position, mon cher maître, est bien connue. *Votre siège est fait*[1]. Je n'ai pas encore lu la fameuse lettre de Bolívar mais, inévitablement ou raisonnablement, on est amené à supposer que Bolívar l'écrivit pour se justifier. En tout cas, cette lettre nous dévoilera ce que nous pourrions appeler le point de vue de Bolívar, et non pas le point de vue de San Martín. Une fois la lettre publiée, il faudra en peser tous les termes, l'étudier, la passer au crible de la critique et, s'il le faut, la réfuter. Et pour prononcer le verdict final, personne ne sera plus indiqué que vous, armé de votre loupe. Il faudra avoir recours au scalpel, au bistouri, si la rigueur scientifique l'exige ! Permettez-moi également d'ajouter que le nom du divulgateur de la lettre restera lié à la lettre. Cet étiquetage ne peut, en aucune façon, vous convenir. Certaines nuances échappent au public. »

1. En français dans le texte. (*N.d.T.*)

Je me rends compte, maintenant, que ce dont nous parlâmes ensuite fut entièrement inutile. Peut-être le sentis-je même alors ; pour ne pas l'affronter directement, je sautai sur un détail et lui demandai s'il croyait vraiment que les lettres étaient apocryphes.

« Qu'elles aient été écrites de la main même de Bolívar, me répondit-il, ne veut pas dire qu'elles reflètent toute la vérité. Bolívar a pu vouloir tromper son correspondant ou peut-être, tout simplement, s'être trompé lui-même. Vous, un historien, un penseur, vous savez mieux que moi que le mystère est en nous-même et non dans les mots. »

Ces généralités verbeuses m'agaçaient et je coupai court en lui faisant remarquer que, dans l'énigme qui nous entoure, cette entrevue de Guayaquil, au cours de laquelle le général San Martín renonça à ses ambitions et abandonna le destin de l'Amérique entre les mains de Bolívar, constitue elle-même une autre énigme qui vaut qu'on se penche sur elle.

Zimmermann répondit :

« Il peut y avoir tant d'explications... ! Certains pensent que San Martín tomba dans un piège ; d'autres, comme Sarmiento, qu'il était un militaire venu d'Europe, égaré dans un continent qu'il ne comprit jamais ; d'autres encore, des Argentins pour la plupart, croient y voir un geste d'abnégation, d'autres de la fatigue. Il y en a même qui parlent d'un ordre secret de je ne sais quelle loge maçonnique. »

Je fis remarquer que, de toute façon, il serait

intéressant de retrouver les propos exacts qu'échangèrent le Protecteur du Pérou et le Libérateur.

Zimmermann opina :

« Les paroles échangées furent peut-être banales. Deux hommes s'affrontèrent à Guayaquil ; si l'un des deux s'imposa, ce fut par sa volonté plus forte, et non par des jeux de dialectique. Comme vous le voyez, je n'ai pas oublié mon Schopenhauer. »

Il ajouta avec un sourire :

« *Words, words, words*. Shakespeare lui-même, le maître inégalé des mots, les méprisait. Que ce soit à Guayaquil, ou à Buenos Aires, ou à Prague, ils comptent toujours moins que les personnes. »

Je sentis à ce moment-là que quelque chose était en train de nous arriver, ou, plutôt, nous était déjà arrivé. Nous étions en quelque sorte devenus autres. Le crépuscule entrait dans la pièce et je n'avais pas allumé les lampes. Un peu au hasard je demandai :

« Vous êtes de Prague, monsieur le professeur ?

— J'étais de Prague », répondit-il.

Pour éviter de revenir à notre principal sujet de conversation, je dis :

« Ce doit être une ville étrange. Je ne la connais pas, mais le premier livre que j'ai lu en allemand a été le roman de Meyrink, *Le Golem*. »

Zimmermann répondit :

« C'est le seul livre de Gustav Meyrink qui mérite qu'on s'en souvienne. Mieux vaut ne pas ouvrir les autres, pleins de mauvaise littérature et d'une théosophie pire encore. Tout compte fait, un peu de l'étrangeté de Prague se reflète dans ce livre fait de rêves qui se perdent dans d'autres rêves. Tout est étrange à Prague ou, si vous préférez, rien n'y est étrange. Tout peut arriver. À Londres, un certain soir, j'ai éprouvé la même impression.

— Vous avez parlé, enchaînai-je, de la volonté. Dans les *Mabinogion*, deux rois jouent aux échecs en haut d'une colline, pendant que leurs troupes se battent dans la plaine. L'un des rois gagne la partie ; un homme à cheval apporte la nouvelle que l'armée de l'autre roi a été vaincue. La bataille des hommes était le reflet de la bataille sur l'échiquier.

— Ah, un effet de magie ! » dit Zimmermann.

Je lui répondis :

« Ou la manifestation d'une volonté sur deux champs d'action différents. Une autre légende celte relate l'affrontement entre deux bardes célèbres. L'un d'eux, s'accompagnant d'une harpe, chante de l'aube au crépuscule. À la lueur des étoiles ou de la lune, il remet sa harpe à l'autre. Celui-ci la laisse de côté et se lève. Le premier s'estime vaincu.

— Quelle érudition ! Quelle puissance de synthèse ! » s'écria Zimmermann.

Il ajouta, d'un ton plus calme :

« Je dois avouer mon ignorance, ma lamentable ignorance en ce qui concerne les légendes bretonnes. Vous, tel l'astre du jour, vous régnez sur l'Orient et l'Occident, alors que moi j'en suis réduit à mon petit recoin carthaginois auquel je suis en train d'ajouter quelques bribes d'histoire sud-américaine. Je ne suis qu'un simple compilateur. »

La servilité juive et la servilité allemande étaient perceptibles dans sa voix, mais je sentis qu'il lui en coûtait peu de me donner raison et de m'encenser, dans la mesure où il avait gain de cause.

Il me supplia de ne pas m'occuper des démarches relatives à son voyage (*tractations* fut le vilain mot qu'il employa). Il sortit aussitôt de sa serviette une lettre adressée au ministre, où j'exposais à ce dernier les motifs de ma renonciation et les mérites reconnus du professeur Zimmermann, et il me mit dans la main son stylo pour que je signe. Quand il plia la lettre, un coup d'œil rapide me permit de voir que l'enveloppe était timbrée d'avance pour le vol Ezeiza-Sulaco.

En partant, il s'arrêta de nouveau devant mes volumes de Schopenhauer et dit :

« Notre maître, notre maître à tous deux, estimait qu'aucun acte n'est involontaire. Si vous restez ici, dans cette belle maison patricienne, c'est parce qu'au fond de vous-même vous voulez y rester. Je respecte et bénis votre volonté. »

J'acceptai sans un mot cette ultime aumône.

Je l'accompagnai jusqu'à la porte de la rue. En me quittant, il déclara :

« Excellent, le café ! »

Je relis ces pages désordonnées que je ne tarderai pas à jeter au feu. L'entrevue avait été courte.

J'ai le pressentiment que je n'écrirai plus désormais. *Mon siège est fait*[1].

1. En français dans le texte. (*N.d.T.*)

L'Évangile selon Marc

Ceci se passa au domaine de La Colorada, dans le sud du district de Junín, à la fin du mois de mars 1928. Le protagoniste en fut un étudiant en médecine, Baltasar Espinosa. Nous pourrions le définir pour l'instant comme l'un de ces garçons de Buenos Aires, sans autre trait digne d'être mentionné qu'un certain talent d'orateur qui lui avait valu plus d'un prix au collège anglais de Ramos Mejía et une bonté presque illimitée. Il n'aimait pas les discussions ; il préférait que ce fût son interlocuteur qui eût raison plutôt que lui. Bien qu'il s'intéressât aux hasards du jeu, c'était un piètre joueur car il lui était désagréable de gagner. Son intelligence ouverte était paresseuse ; à trente-trois ans, il lui manquait encore une matière à passer pour décrocher son diplôme, et c'était celle qui l'attirait le plus. Son père, qui était libre penseur, comme tous les messieurs de son époque, lui avait enseigné les doctrines de Herbert Spencer, mais sa mère, à la veille d'un voyage à Montevideo, lui avait demandé de réciter chaque soir un Notre Père et de faire un signe de croix. Il n'avait jamais, au cours des ans, failli à sa promesse. Il ne manquait pas de courage ; un matin il avait échangé, avec plus d'indifférence que de colère, deux ou trois coups de poing avec un groupe de camarades qui voulaient le forcer à prendre part à une grève d'étudiants. Il versait souvent, par esprit de conciliation, dans des opinions et des attitudes discutables : il s'inquiétait moins de son pays que du risque que l'on nous prît ailleurs pour des Peaux-Rouges ; il vénérait la France, mais il méprisait les Français ; il faisait peu de cas des Américains, mais il approuvait le fait qu'il y eût à Buenos Aires des gratte-ciel ; il croyait que les gauchos de la plaine sont meilleurs cavaliers que ceux des terrains montagneux. Quand son cousin Daniel lui avait proposé de passer l'été à La Colorada, il avait accepté aussitôt, non qu'il aimât la campagne, mais par gentillesse naturelle et parce qu'il n'avait pas cherché de bonnes raisons pour refuser.

Le corps de logis de l'*estancia* était vaste et un peu à l'abandon ; l'habitation du métayer, qui s'appelait Gutre, était tout près. Les Gutre étaient trois : le père, le fils, qui était particulièrement rustre, et une fille de filiation incertaine. Tous trois étaient grands, vigoureux, fortement charpentés, avec des cheveux tirant sur le roux, et des traits d'Indiens. Ils ne parlaient presque pas. La femme du fermier était morte depuis des années.

À vivre ainsi à la campagne, Espinosa apprit peu à peu des choses qu'il ignorait et dont il ne soupçonnait même pas l'existence. Par exemple, qu'il ne faut pas galoper quand on approche des maisons, et que personne ne sort à cheval à moins d'avoir une tâche précise à accomplir. Avec le temps, il allait même arriver à reconnaître les oiseaux à leur cri.

Au bout de quelques jours, Daniel dut se rendre à la capitale pour conclure une affaire de bestiaux qui devait lui prendre tout au plus une semaine. Espinosa, qui commençait à en avoir un peu assez des *bonnes fortunes*[1] de son cousin et de son inlassable intérêt pour les variations de la mode masculine, préféra rester au domaine, avec ses livres d'étude. La chaleur était accablante et la nuit même n'apportait aucun soulagement. À l'aube, des coups de tonnerre le réveillèrent. Le vent secouait les casuarines. Espinosa entendit tomber les premières gouttes de pluie et rendit grâce à Dieu. Un vent frais se leva soudain. Dans l'après-midi, le Salado déborda.

Le lendemain, Baltasar Espinosa, en contemplant de la véranda les champs inondés, pensa que la métaphore qui compare la pampa à la mer n'était pas, du moins ce matin-là, entièrement fausse, bien que Hudson ait écrit que la mer nous paraît plus grande parce que nous la voyons du pont d'un bateau et non pas du haut d'un cheval ou du haut de notre propre stature. La pluie ne diminuait pas ; les Gutre, aidés – ou gênés – par le citadin, sauvèrent une grande partie

1. En français dans le texte. (*N.d.T*)

du bétail, mais il y eut beaucoup de bêtes noyées. Quatre chemins menaient à La Colorada : tous les quatre furent recouverts par les eaux. Le troisième jour, des infiltrations menacèrent la demeure du métayer ; Espinosa installa les Gutre dans une pièce située au fond de la cour, près de la remise à outils. Ce déménagement les rapprocha les uns des autres ; ils prenaient leurs repas ensemble dans la grande salle à manger. Le dialogue s'avérait difficile ; les Gutre, qui savaient tant de choses de la campagne, étaient incapables de les expliquer. Un soir, Espinosa leur demanda si les gens se souvenaient des assauts des Indiens, du temps où le commandement militaire était installé à Junín. Ils dirent que oui, mais ils auraient répondu de même à une question sur l'exécution de Charles Ier. Espinosa se rappela que son père avait coutume de dire que presque tous les cas de longévité que l'on relève à la campagne sont des cas où le sujet a mauvaise mémoire ou une idée très vague des dates. Les gauchos ignorent tout aussi bien l'année qui les vit naître que le nom de celui qui les engendra.

Il n'y avait dans la maison d'autres livres qu'une série de numéros de la revue *La Ferme*, un manuel de vétérinaire, un exemplaire de luxe du *Tabaré*[1], une *Histoire du Shorthorn en Argentine*[2], quelques romans érotiques ou policiers et un

1. Poème de Zorrilla de San Martín évoquant la vie des Indiens. (*N.d.T.*)

2. Une des deux grandes races de taureaux acclimatées en Argentine. (*N.d.T.*)

roman récent : *Don Segundo Sombra*. Espinosa, pour animer un peu l'inévitable veillée, en lut deux chapitres aux Gutre, qui étaient analphabètes. Malheureusement, le métayer avait lui-même conduit des troupeaux et il ne pouvait s'intéresser aux aventures d'un autre. Il dit que ce genre de travail était aisé, qu'on emmenait toujours une bête de somme avec tout le nécessaire, et que, s'il n'avait pas fait ce métier-là, il n'aurait jamais été jusqu'à la Laguna de Gómez, jusqu'à El Bragado et jusqu'aux champs des Nùñez, à Chacabuco. Dans la cuisine il y avait une guitare ; le soir, les péons, avant les faits que je rapporte, s'asseyaient en rond ; quelqu'un l'accordait sans arriver jamais à en jouer. On appelait cela une soirée de guitare.

Espinosa, qui avait laissé pousser sa barbe, s'attardait parfois devant sa glace pour regarder son visage changé et il souriait en pensant que de retour à Buenos Aires il n'en finirait plus de raconter aux amis l'inondation du Salado. Curieusement, il regrettait des endroits où il n'allait pas et où il n'irait même jamais : un coin de la rue Cabrera où il y a une boîte aux lettres, deux lions en maçonnerie dans un portail de la rue Jujuy, près de la place de l'Once, une épicerie au sol carrelé dont il ne savait plus très bien où elle se trouvait. Quant à ses frères et à son père, ils avaient dû apprendre déjà par Daniel qu'il était isolé – le mot était étymologiquement juste – par la crue de la rivière.

En explorant la maison, toujours entourée par les eaux, il mit la main sur une bible en anglais.

Sur les dernières pages du volume, les Guthrie – tel était leur nom d'origine – avaient laissé par écrit leur histoire. Ils venaient d'Inverness, ils avaient débarqué sur ce continent sans doute comme péons au début du XIXe siècle, et s'étaient métissés d'Indiens. La chronique cessait aux alentours de 1870 ; ils avaient bien vite oublié l'anglais ; quand Espinosa les connut, l'espagnol leur coûtait des efforts. Ils n'avaient pas la foi, mais dans leur sang subsistaient comme des traces sombres le rude fanatisme du calviniste et les superstitions de l'Indien de la pampa. Espinosa leur parla de sa trouvaille, mais ils ne l'écoutèrent quasiment pas.

Il feuilleta le volume et ses doigts l'ouvrirent au début de l'Évangile selon Marc. Pour s'exercer à traduire, et peut-être pour voir s'ils y comprendraient quelque chose, il décida de leur lire ce texte après le dîner. Il s'étonna d'être écouté avec attention puis dans un silence plein d'intérêt. Peut-être que les lettres d'or sur la couverture du livre lui conféraient plus d'autorité. « Ils le portent dans leur sang », pensa-t-il. Il se dit aussi que les hommes, au cours des âges, ont toujours répété deux histoires : celle d'un navire perdu qui cherche à travers les flots méditerranéens une île bien-aimée, et celle d'un dieu qui se fait crucifier sur le Golgotha. Il se rappelait ses cours de diction à Ramos Mejía et il se levait pour lire les paraboles.

Les Gutre expédiaient la viande grillée et les sardines pour ne pas retarder la lecture de l'Évangile.

Une petite agnelle que la jeune fille choyait et ornait d'un ruban bleu ciel se blessa à un fil de fer barbelé. Pour arrêter l'écoulement du sang, on voulut lui mettre un emplâtre de toiles d'araignée ; Espinosa la guérit avec quelques pastilles. La reconnaissance qu'éveilla cette guérison ne laissa pas de l'étonner. Au début, il s'était méfié des Gutre et il avait caché dans un de ses livres les deux cent quarante pesos qu'il avait emportés avec lui ; maintenant, en l'absence du maître, il avait pris sa place et il donnait des ordres timides qui étaient aussitôt exécutés. Les Gutre le suivaient à travers les pièces et dans le couloir, comme s'ils se sentaient perdus. Tout en lisant, il remarqua qu'ils ramassaient les miettes qu'il avait laissées sur la table. Il les surprit un après-midi parlant de lui avec respect et peu de paroles. Ayant terminé l'Évangile selon Marc, il voulut leur lire l'un des trois autres ; le père lui demanda de reprendre celui qu'il avait déjà lu, pour bien le comprendre. Espinosa se rendit compte qu'ils étaient comme des enfants qui aiment mieux la répétition que la diversité ou la nouveauté. Une nuit il rêva du Déluge, ce qui n'est pas étonnant ; les coups de marteau de la fabrication de l'Arche le réveillèrent et il se dit que c'était peut-être des coups de tonnerre. En effet, la pluie, qui avait diminué, reprenait de plus belle. Le froid était intense. Ils lui dirent que l'orage avait détérioré le toit de la remise à outils et qu'ils le lui feraient voir quand ils auraient réparé les poutres. Désormais il n'était plus un étranger pour eux et ils le traitaient tous avec déférence, allant presque jusqu'à le choyer. Aucun d'eux n'aimait le café, mais pour lui il y en avait toujours une petite tasse qu'ils sucraient abondamment.

L'orage avait éclaté un mardi. Le jeudi dans la nuit il fut réveillé par un petit coup discret à sa porte que, par précaution, il fermait toujours à clef. Il se leva et ouvrit : c'était la jeune fille. Dans le noir il ne la voyait pas mais il s'aperçut, en entendant son pas, qu'elle était pieds nus et ensuite, dans le lit, qu'elle était venue toute nue du fond de la cour. Elle ne fit pas un seul geste, elle ne dit pas un seul mot ; elle s'étendit près de lui et elle tremblait. C'était la première fois qu'elle connaissait un homme. Quand elle partit, elle ne l'embrassa pas ; Espinosa pensa qu'il ne savait même pas son nom. Poussé par une raison qu'il ne chercha pas à s'expliquer, il se jura à lui-même que de retour à Buenos Aires il ne raconterait à personne cette histoire.

La journée suivante débuta comme les précédentes, sauf que le père parla avec Espinosa et lui demanda si le Christ s'était laissé tuer pour sauver tous les hommes. Espinosa, qui était libre penseur, mais qui se vit dans l'obligation de justifier ce qu'il leur avait lu, lui répondit :

« Oui, pour les sauver tous de l'enfer. »

Gutre lui demanda alors :

« Qu'est-ce que c'est que l'enfer ?

— Un lieu sous terre où les âmes brûleront sans fin.

— Et ceux qui lui enfoncèrent les clous, ils furent aussi sauvés ?

— Oui », répondit Espinosa, dont la théologie était incertaine.

Il avait craint que le métayer n'exigeât des comptes sur ce qui s'était passé la nuit d'avant avec sa fille. Après le déjeuner, ils lui demandèrent de relire les derniers chapitres.

Espinosa fit une longue sieste ; son rêve léger fut interrompu par des coups de marteau insistants et par de vagues prémonitions. En fin d'après-midi il se leva et sortit dans le couloir. Il dit comme s'il pensait tout haut :

« Les eaux baissent. Encore un peu de temps...

— Encore un peu de temps », répéta Gutre, comme en écho.

Tous trois l'avaient suivi. À genoux sur le sol de pierre ils lui demandèrent de les bénir. Puis ils le maudirent, lui crachèrent au visage et le poussèrent jusqu'au fond de la cour. La jeune fille pleurait. Espinosa comprit ce qui l'attendait de l'autre côté de la porte. Quand ils l'ouvrirent, il aperçut le firmament. Un oiseau lança son cri ; il pensa : « c'est un chardonneret ». La remise à outils n'avait plus de toit ; ils avaient arraché les poutres pour en faire la Croix.

Le rapport de Brodie

Dans un exemplaire du premier tome des *Mille et Une Nuits* de Lane (Londres, 1839), que me procura mon cher ami Paulino Keins, nous découvrîmes le manuscrit que je donne ci-dessous dans sa traduction en espagnol. La calligraphie soignée – art que les machines à écrire nous apprennent à oublier – laisse supposer qu'il fut rédigé vers cette même époque. Lane prodigua, comme on sait, les longues notes explicatives ; les marges abondent en additions, en points d'interrogation et parfois en corrections, dont l'écriture est la même que celle du manuscrit. Il semble que le lecteur ait été moins intéressé par les prodigieux contes de Schéhérazade que par les mœurs de l'Islam. Sur David Brodie, dont la signature ornée d'un paraphe figure en dernière page, je n'ai pu trouver aucun renseignement ; je sais seulement que c'était un missionnaire écossais, originaire d'Aberdeen, qui prêcha le christianisme au cœur de l'Afrique puis dans certaines régions de la forêt brésilienne, contrée où avait dû le mener sa connaissance du portugais. J'ignore la date et le lieu de sa mort. Le manuscrit, que je sache, n'a jamais été publié.

Je traduirai fidèlement son rapport, écrit dans un anglais incolore, sans m'autoriser d'autres coupures que celles de quelques versets de la Bible et celle d'un curieux passage sur les pratiques sexuelles des Yahoos que le bon presbytérien confia pudiquement au latin. Il manque la première page.

*

... de la région qu'infestent les hommes-singes (*Apemen*) habitent les *Mlch**, que j'appellerai Yahoos, pour que mes lecteurs n'oublient pas leur nature bestiale et parce qu'une transposition littérale précise est presque impossible, étant donné l'absence de voyelles dans leur âpre langage. Les individus de la tribu ne dépassent pas, je crois, le nombre de sept cents, compte tenu des *Nr*, qui habitent plus au sud, dans les maquis. Le chiffre que j'ai avancé est hypothétique, étant donné que, à l'exception du roi, de la reine et des sorciers, les Yahoos dorment où la nuit les surprend ; ils n'ont pas de domicile fixe. La fièvre paludéenne et les incursions continuelles des hommes-singes les déciment. Seuls quelques-uns d'entre eux portent un nom. Pour s'appeler, ils se lancent de la boue. J'ai même vu des Yahoos qui, pour attirer l'attention d'un ami, se jetaient et se roulaient par terre.

* Je donne au *ch* la valeur qu'il a dans le mot *loch*. (*N.d.A.*)

Physiquement, ils ne diffèrent pas des Kroo, sauf qu'ils ont le front plus bas et qu'un certain reflet cuivré atténue leur négritude. Ils se nourrissent de fruits, de racines et de reptiles ; ils boivent du lait de chat et de chauve-souris et ils pêchent avec la main. Pour manger, ils se cachent ou bien ils ferment les yeux ; le reste, ils le font à la vue de tous, comme les philosophes cyniques. Ils dévorent crus les cadavres des sorciers et des rois, pour s'assimiler leurs vertus. Je leur reprochai cette coutume ; ils se touchèrent la bouche et le ventre, pour m'indiquer sans doute que les morts aussi sont comestibles ou – mais ceci est peut-être trop subtil – pour me faire comprendre que tout ce que nous mangeons devient, à la longue, de la chair humaine.

Dans leurs guerres, ils se servent de pierres, dont ils font provision, et d'imprécations magiques. Ils vivent nus ; les arts du vêtement et du tatouage leur sont inconnus.

Un fait digne d'attention est que, disposant d'un vaste plateau herbeux, où il y a des sources d'eau pure et des arbres qui dispensent de l'ombre, ils aient choisi de s'entasser dans les bourbiers qui en bordent la base, comme s'ils trouvaient plaisir à s'exposer aux rigueurs du soleil équatorial et des impuretés. Les pentes sont abruptes et pourraient constituer un rempart contre les hommes-singes. Dans les Hautes-Terres d'Écosse, les clans érigeaient leurs châteaux à la cime des collines ; j'ai parlé de cette habitude aux sorciers, en la leur proposant en exemple, mais tout fut inutile. Ils me laissèrent cependant construire une cabane sur le plateau, où l'air de la nuit est plus frais.

La tribu est gouvernée par un roi, dont le pouvoir est absolu, mais j'ai bien l'impression que ceux qui gouvernent véritablement sont les quatre sorciers qui l'assistent et qui l'ont élu. Chaque enfant mâle qui naît est soumis à un minutieux examen ; s'il présente certains signes, qui ne m'ont pas été révélés, il est élevé au rang de roi des Yahoos. Il est aussitôt mutilé (*he is gelded*), on lui brûle les yeux, on lui coupe les pieds et les mains pour que le contact avec le monde ne risque pas de le distraire de la sagesse. Il vit confiné dans une caverne, dont le nom est Alcazar (*Qzr*), où seuls ont le droit de pénétrer les quatre sorciers et les deux esclaves qui s'occupent de lui et l'enduisent de fumier. Si une guerre vient à éclater, les sorciers le sortent de la caverne, l'exhibent aux yeux de la tribu pour stimuler son courage et le portent, hissé sur leurs épaules, au plus fort du combat, en guise d'étendard ou de talisman. Presque toujours, en pareil cas, il est immédiatement tué par les pierres que lui lancent les hommes-singes.

Dans un autre Alcazar vit la reine, à qui il n'est pas permis de voir son roi. Celle-ci daigna me recevoir ; elle était souriante, jeune et charmante, autant que le lui permettait sa race. Des bracelets d'argent et d'ivoire, des colliers de dents ornaient sa nudité. Elle me regarda, me flaira, me toucha et finit par s'offrir à moi, devant toutes ses dames d'honneur. Mon costume ecclésiastique (*my cloth*) et mes habitudes me firent décliner cet honneur, qu'elle accorde volontiers aux sorciers et aux chasseurs d'esclaves, en général des musulmans, dont les hordes (caravanes) traversent le royaume. Elle m'enfonça à deux ou trois reprises une épingle d'or dans la chair ; de telles piqûres sont les marques de la faveur royale et bien des Yahoos se font eux-mêmes des piqûres pour laisser croire que c'est la reine qui les leur a faites. Les ornements que j'ai énumérés plus haut viennent d'autres régions ; les Yahoos les croient naturels parce qu'ils sont incapables de fabriquer l'objet le plus simple. Pour la tribu, ma cahute était un arbre, bien que beaucoup m'aient vu la construire et m'aient apporté leur aide. Entre autres choses, j'avais une montre, un casque de liège, une boussole et une bible ; les Yahoos regardaient tous ces objets, les soupesaient et voulaient savoir où je les avais trouvés. Ils saisissaient la plupart du temps mon couteau par sa lame ; sans doute le voyaient-ils différemment. Je ne sais ce qu'ils auraient pensé d'une chaise. Une maison de plusieurs pièces aurait constitué pour eux un labyrinthe, mais peut-être ne s'y seraient-ils pas perdus, tout comme un chat ne s'y perd pas bien qu'il ne puisse se la représenter. Ils étaient tous émerveillés par ma barbe, qui était rousse alors ; ils la caressaient longuement.

Ils sont insensibles à la douleur et au plaisir, en dehors de celui que leur procure la viande crue et avariée, et tout ce qui est fétide. Leur manque d'imagination les pousse à être cruels.

J'ai parlé de la reine et du roi ; je passe maintenant aux sorciers. J'ai dit qu'ils étaient quatre ;

ce nombre est le plus grand que comprenne leur arithmétique. Ils comptent sur leurs doigts un, deux, trois, quatre, beaucoup ; l'infini commence au pouce. On m'assure qu'il en va de même chez les tribus qui rôdent aux alentours de Buenos Aires. Bien que le quatre soit le dernier chiffre dont ils disposent, les Arabes qui commercent avec eux ne les escroquent jamais parce que dans leurs échanges tout se divise par lots de un, de deux, de trois ou de quatre, que chacun pose à côté de lui. Les opérations sont lentes, mais elles excluent l'erreur ou la tricherie. De toute la nation des Yahoos, seuls les sorciers ont réellement éveillé mon intérêt. Le peuple leur attribue le pouvoir de changer en fourmis ou en tortues ceux qui le désirent ; un individu qui remarquait mon incrédulité me montra une fourmilière, comme si celle-ci constituait une preuve. Les Yahoos manquent de mémoire ou n'en ont qu'à peine ; ils parlent des ravages causés par une invasion de léopards, mais ils ne savent pas si c'est eux qui l'ont vue ou bien leurs parents, ou même s'ils ne racontent pas un rêve. Les sorciers, eux, ont de la mémoire, mais elle est très courte ; ils peuvent se souvenir le soir de ce qui s'est passé le matin, ou même la veille au soir. Ils ont aussi le don de prévoir l'avenir ; ils déclarent, par exemple, avec une tranquille assurance : *Une mouche va me frôler la nuque* ou *Nous n'allons pas tarder à entendre un cri d'oiseau*. J'ai été témoin des centaines de fois de ce don curieux. J'ai beaucoup réfléchi là-dessus. Nous savons que le passé, le présent et l'avenir existent, dans leur moindre détail, dans la mémoire prophétique de Dieu, dans Son éternité ; ce qui est étrange c'est que les hommes puissent regarder indéfiniment en arrière, mais pas en avant. Si j'ai un souvenir extrêmement net de ce voilier de haut bord qui vint de Norvège alors que j'avais à peine quatre ans, pourquoi m'étonnerais-je que quelqu'un soit capable de prévoir ce qui est sur le point d'arriver ? Philosophiquement parlant, la mémoire n'est pas un prodige moindre que la divination du futur ; la journée de demain est plus proche de nous que la traversée de la mer Rouge par les Hébreux dont nous gardons pourtant le souvenir. Il est interdit à la tribu de fixer les étoiles, ce privilège étant réservé aux sorciers. Chaque sorcier a un disciple, qu'il initie dès l'enfance aux disciplines secrètes et qui, à sa mort, lui succède. Ils sont toujours ainsi au nombre de quatre, nombre de caractère magique puisqu'il est le dernier que peut atteindre l'esprit de ces hommes. Ils professent, à leur façon, la croyance à l'enfer et au ciel. L'un et l'autre sont souterrains. En enfer, qui est clair et sec, séjourneront les malades, les vieillards, les victimes, les hommes-singes, les Arabes et les léopards ; au ciel, qu'ils imaginent marécageux et sombre, le roi, la reine, les sorciers, ceux qui sur terre ont été heureux, durs et sanguinaires. Ils vénèrent également un dieu, dont le nom est Fumier, et qu'ils ont conçu possiblement à l'image du roi ; c'est un être mutilé, aveugle, rachitique et au pouvoir illimité. Il prend souvent la forme d'une fourmi ou d'une couleuvre.

Après ce que je viens de dire, personne ne s'étonnera que durant tout mon séjour parmi eux je n'aie pu convertir un seul Yahoo. La phrase Notre Père les troublait car ils ignorent le concept de paternité. Ils ne comprennent pas qu'un acte accompli neuf mois avant ait un rapport quelconque avec la naissance d'un enfant ; ils n'admettent pas une cause aussi lointaine et aussi invraisemblable. D'ailleurs toutes les femmes font l'acte de chair et elles ne sont pas toutes mères.

Leur langue est complexe. Elle ne ressemble à aucune de celles que je connais. On ne peut parler de parties du discours, étant donné qu'il n'y a pas de discours. Chaque mot monosyllabique correspond à une idée générale qui se définit par le contexte ou par les mimiques. Le mot *nrz*, par exemple, suggère l'idée de dispersion ou de taches ; il peut signifier le ciel étoilé, un léopard, un vol d'oiseaux, la variole, l'éclaboussure, l'éparpillement ou la fuite qui suit une défaite. *Hrl*, en revanche, indique ce qui est serré ou dense ; il peut signifier la tribu, un tronc d'arbre, une pierre, un tas de pierres, le fait de les empiler, la réunion des quatre sorciers, l'union charnelle et un bois. Prononcé d'une autre façon ou avec une autre expression, chaque mot peut avoir un sens contraire. Ne soyons pas surpris outre mesure ; dans notre langue, le verbe *to cleave* veut bien dire fendre et adhérer. Bien entendu, il n'y a pas de discours, ni même de membres de phrases.

La puissance d'abstraction qu'exige une telle langue me fait penser qu'en dépit de leur barbarie les Yahoos ne sont pas une nation primitive mais bien plutôt dégénérée. À l'appui de mon hypothèse, je citerai les inscriptions que j'ai découvertes au sommet du plateau et dont les caractères, qui ressemblent aux runes que gravaient nos ancêtres, ne peuvent plus être déchiffrés par la tribu. C'est comme si celle-ci, ayant oublié le langage écrit, n'avait plus conservé que le langage oral.

Les seules distractions de ces gens sont les combats de chats apprivoisés et les exécutions. Quelqu'un est accusé d'avoir attenté à la pudeur de la reine ou d'avoir mangé sous les regards d'autrui ; il n'est besoin ni de déclarations de témoins ni d'aveux, et le roi prononce sa sentence condamnatoire. Le malheureux endure des tortures que j'essaie d'oublier, puis il est lapidé. La reine a le droit de lancer la première pierre et la dernière, qui est d'ordinaire inutile. La foule loue son adresse, la beauté de son corps et l'acclame avec frénésie, en lui lançant des roses et des choses fétides. La reine sourit, sans un mot.

Une autre coutume de la tribu concerne les poètes. Un homme a l'idée d'assembler six ou sept mots, en général énigmatiques. Il ne peut se retenir de les clamer à grands cris, debout, au centre d'un cercle que forment, couchés par terre, les sorciers et le peuple. Si le poème n'intéresse pas, il ne se passe rien ; si les mots du poète émeuvent les auditeurs, tous s'écartent de lui, en silence, sous le coup d'une horreur sacrée (*under a holy dread*). Ils sentent qu'il a été effleuré par l'esprit ; personne ne lui parlera ni ne le regardera plus, même pas sa mère. Il n'est plus un homme mais un dieu, et n'importe qui peut le tuer. Le poète, s'il le peut, cherche refuge dans les déserts de sable du Nord.

J'ai précédemment expliqué comment je parvins jusqu'au territoire des Yahoos. Le lecteur se souviendra sans doute qu'ils m'encerclèrent, que je tirai en l'air un coup de fusil et qu'ils prirent la décharge pour une sorte de coup de tonnerre magique. Pour nourrir cette illusion, j'eus soin de circuler toujours sans armes. Un matin de printemps, à l'aube, nous fûmes soudain attaqués par les hommes-singes ; je descendis de mes hauteurs en courant, l'arme à la main, et je tuai deux de ces animaux. Les autres s'enfuirent, épouvantés. Les balles, on le sait, sont invisibles. Pour la première fois de ma vie, j'entendis qu'on m'acclamait. Ce fut alors, je crois, que la reine me reçut. La mémoire des Yahoos est précaire ; je partis l'après-midi même. Mes aventures dans la forêt importent peu. Je finis par me trouver dans un village d'hommes noirs, qui savaient labourer, semer et prier et je pus me faire comprendre d'eux en portugais. Un missionnaire catholique, le père Fernandes, m'hébergea dans sa cabane et me soigna jusqu'au moment où je fus en état de poursuivre mon pénible voyage. Au début j'éprouvais quelque dégoût à le voir ouvrir la bouche sans vergogne pour y jeter des morceaux de nourriture. Moi, je me cachais derrière ma main ou je détournais les yeux ; je m'y habituai au bout de quelques jours. Je me souviens avec plaisir de nos discussions de théologie. Je ne parvins pas à le ramener à la vraie foi de Jésus.

J'écris ces lignes à Glasgow. J'ai relaté mon séjour parmi les Yahoos, mais j'ai glissé sur son horreur fondamentale dont je ne suis pas entièrement affranchi et qui hante encore mon sommeil. Dans la rue, je me crois encore encerclé par eux. Les Yahoos, je le sais bien, sont une nation barbare, peut-être la plus barbare du globe, mais il serait injuste d'oublier certains traits qui les rachètent. Ils ont des institutions, un roi, ils manient une langue fondée sur des concepts génériques, ils croient, comme les Hébreux et les Grecs, en l'origine divine de la poésie et devinent que l'âme survit à la mort du corps. Ils croient à l'existence de châtiments et de récompenses. Ils représentent en somme, eux aussi, la culture, comme nous la représentons nous-mêmes, en dépit de nos nombreux péchés. Je ne me repens pas d'avoir combattu dans leurs rangs contre les hommes-singes. Nous avons le devoir de les sauver. J'espère que le gouvernement de Sa Majesté ne restera pas sourd à ce que ce rapport se permet de suggérer.

POSTFACE

C'est un fait bien connu que le mot « invention » signifiait à l'origine « découverte » et c'est ainsi que l'Église romaine célèbre l'Invention de la Croix et non son exhumation ou sa découverte. Derrière cette modification sémantique, nous pouvons, je pense, apercevoir toute la doctrine platonicienne des archétypes selon laquelle tout existe déjà. William Morris pensait que toutes les histoires essentielles imaginables par l'homme avaient depuis longtemps été racontées et que, de nos jours, l'art du conteur consistait à les repenser et à les redire. Son *Paradis terrestre* est une illustration de cette théorie, bien qu'il n'en soit naturellement pas une preuve. Je n'irai pas aussi loin que Morris, mais, pour moi, écrire une histoire tient plus de la découverte que de l'invention délibérée.

En marchant dans la rue ou le long des galeries de la Bibliothèque nationale, je sens que quelque chose se prépare à prendre possession de moi. Ce quelque chose peut être un conte ou un poème. Je n'interviens pas, je lui laisse faire ce qu'il veut. De loin, je le sens prendre forme. Je vois vaguement sa fin et son début, mais pas le trou noir entre les deux. Ce milieu, dans mon cas, m'est donné graduellement. S'il se trouve qu'il ne m'est pas révélé par les dieux, mon moi conscient doit s'en mêler et ces bouche-trous inévitables sont, je le soupçonne, mes pages les plus faibles.

« L'intruse », celle de mes nouvelles histoires que j'ai écrite en premier, m'a hanté pendant quelque trente ans avant que je ne m'en délivre. Au début, tout ce que j'avais, c'était l'idée de deux frères et d'une femme, qu'ils aimaient l'un et l'autre et qu'ils allaient en fin de compte sacrifier à leur amitié. D'abord, je voulais situer l'action en Californie, mais comme je savais – et que mes lecteurs l'auraient également su – que ma connaissance de la Californie était purement livresque, la crédibilité du conte s'en serait ressentie. Je m'en suis finalement tenu à Buenos Aires.

Dans ma préface, je mentionne un lien caché entre deux des histoires. Je puis maintenant dire ouvertement que je faisais allusion à « Juan Muraña » et à « La rencontre ». L'idée qui sous-tend l'une et l'autre de ces histoires est qu'une arme peut, à la longue, acquérir sa propre vie secrète. Dans « Juan Muraña », nous avons aussi l'idée d'un homme devenant après sa mort un objet, d'un manieur de couteau devenu son propre couteau.

Trois des nouvelles sont tirées de la réalité. La vieille dame, héroïne de l'une d'elles, était – puis-je l'avouer au lecteur ? – ma grand-tante. Un certain duel, dont il est question dans une autre, se livre encore aujourd'hui, non sans élégance, entre les deux adversaires. Quant à l'histoire des gauchos à qui l'on trancha la gorge et à qui l'on fit ensuite faire la course, elle se passa effectivement il y a un siècle, en Uruguay.

« L'indigne » est, à vrai dire, une confession. Pendant mes années d'études à Genève, un camarade, que je considérais comme un héros, m'offrit son amitié. Je la rejetai, pensant que son offre était une erreur de sa part, car je ne la méritais pas. De cette expérience personnelle, j'ai tiré le conte du garçon juif dans un quartier pauvre de Buenos Aires.

L'« Histoire de Rosendo Juárez » est, je pense, un compte rendu honnête de ce qui se passa réellement, ou aurait pu se passer, dans une de mes œuvres de jeunesse, extravagante et trop célèbre, intitulée « L'homme au coin du mur rose ». Dans la nouvelle version, j'ai fait de mon mieux pour revenir au bon sens.

« Guayaquil » peut se lire de deux façons – la rencontre symbolique des célèbres généraux – ou bien, si le lecteur est en veine de magie, il peut y voir les deux historiens devenir peu à peu les deux généraux morts.

Dans la plupart des cas, mes histoires sont tissées autour d'une intrigue. Mais, dans « La vieille dame » et dans « Le duel », j'ai tenté autre chose. J'ai essayé, à la manière de Henry James, de construire ces contes autour d'une situation ou d'un personnage.

Telles sont, après un intervalle assez long pendant lequel je n'ai composé que des poèmes ou de courtes pièces en prose, les premières nouvelles que j'ai écrites depuis 1953.

Buenos Aires, le 19 décembre 1970. J. L. B.

DU MÊME AUTEUR

Aux Éditions Gallimard

FICTIONS, 1951. Nouvelle édition en 1983 et en 2018 (Folio n° 614), fac-similé de l'édition La croix du Sud, 2014

LABYRINTHES, 1953, La croix du Sud

ENQUÊTES, 1957. Nouvelle édition en 1986

L'AUTEUR ET AUTRES TEXTES. El hacedor, 1965 (L'Imaginaire n° 105)

DISCUSSION, 1966

L'ALEPH, 1967 (L'Imaginaire n° 13)

ŒUVRE POÉTIQUE, 1925-1965, 1970 (Poésie / Gallimard n° 196)

LE RAPPORT DE BRODIE, 1972. Nouvelle édition en 2019 (Folio n° 1588)

L'OR DES TIGRES : L'Autre, le même II – Éloge de l'ombre – L'Or des tigres – Ferveur de Buenos Aires, 1975 (Poésie / Gallimard n° 411)

LE LIVRE DE SABLE, 1978. Nouvelle édition en 2018 (Folio n° 1461)

LIVRE DE PRÉFACES *suivi* d'ESSAI D'AUTOBIOGRAPHIE, 1980 (Folio n° 1794)

LA ROSE PROFONDE *suivi de* LA MONNAIE DE FER *et d'*HISTOIRE DE LA NUIT, 1983

CONFÉRENCES, 1985 (Folio Essais n° 92)

LE LIVRE DES ÊTRES IMAGINAIRES, 1987 (L'Imaginaire n° 188)

NEUF ESSAIS SUR DANTE, 1987 (Arcades n° 12)

ATLAS, ouvrage écrit en collaboration avec María Kodama, 1988

LES CONJURÉS *précédé du* CHIFFRE, 1988

ENTRETIENS SUR LA POÉSIE ET LA LITTÉRATURE, 1990

LE LIVRE DE SABLE / *EL LIBRO DE ARENA*, 1990 (Folio Bilingue n° 10)

ENQUÊTES *suivi d'*ENTRETIENS AVEC GEORGES CHARBONNIER, 1992 (Folio Essais n° 198)

FICTIONS / *FICCIONES*, 1994 (Folio Bilingue n° 43)

L'ART DE LA POÉSIE, 2002 (Arcades n° 70)

LA PROXIMITÉ DE LA MER, 2010

POÈMES D'AMOUR, 2014

ANTHOLOGIE PERSONNELLE, 2016 (L'Imaginaire n° 684)

L'ALEPH ET AUTRES CONTES / EL *ALEPH Y OTROS CUENTOS*, 2017 (Folio Bilingue n° 207)

LE TANGO : QUATRE CONFÉRENCES, 2018 (Arcades n° 116)

En collaboration

ENTRETIENS AVEC JORGE LUIS BORGES, avec Georges Charbonnier, 1967

CONVERSATIONS AVEC JORGE LUIS BORGES, avec Richard Burgin, 1972

QU'EST-CE QUE LE BOUDDHISME ?, avec Alicia Jurado, 1979 (Folio Essais n° 293)

Dans la collection « Bibliothèque de la Pléiade »

ŒUVRES COMPLÈTES

TOME I : Ferveur de Buenos Aires – Lune d'en face – Cuaderno San Martín – Evaristo Carriego – Discussion – Histoire universelle de l'infamie – Histoire de l'éternité – Fictions – L'Aleph – Autres inquisitions. Articles non recueillis : Autour de l'ultraïsme – Chroniques publiées dans la revue *Proa* – Chroniques publiées dans *La Prensa* – Chroniques publiées dans *Sur* – Films – Chroniques publiées dans la revue *El Hogar* – Textes divers, 1993

TOME II : L'Auteur – L'Autre, le même – Pour les six cordes – Éloge de l'ombre – Le Rapport de Brodie – L'Or des tigres – Préfaces avec une préface aux préfaces – Le Livre de sable – La

Monnaie de fer – Histoire de la nuit – Sept nuits – Le Chiffre – Neuf essais sur Dante – Atlas – Les Conjurés – La Mémoire de Shakespeare, 1999

Aux Éditions Denoël

En collaboration avec Adolfo Bioy Casares

SIX PROBLÈMES POUR DON ISIDRO PARODI, 1967

CHRONIQUES DE BUSTOS DOMECQ, 1970

COLLECTION FOLIO

Dernières parutions

6457. Philippe Sollers	*Mouvement*
6458. Karine Tuil	*L'insouciance*
6459. Simone de Beauvoir	*L'âge de discrétion*
6460. Charles Dickens	*À lire au crépuscule et autres histoires de fantômes*
6461. Antoine Bello	*Ada*
6462. Caterina Bonvicini	*Le pays que j'aime*
6463. Stefan Brijs	*Courrier des tranchées*
6464. Tracy Chevalier	*À l'orée du verger*
6465. Jean-Baptiste Del Amo	*Règne animal*
6466. Benoît Duteurtre	*Livre pour adultes*
6467. Claire Gallois	*Et si tu n'existais pas*
6468. Martha Gellhorn	*Mes saisons en enfer*
6469. Cédric Gras	*Anthracite*
6470. Rebecca Lighieri	*Les garçons de l'été*
6471. Marie NDiaye	*La Cheffe, roman d'une cuisinière*
6472. Jaroslav Hašek	*Les aventures du brave soldat Švejk*
6473. Morten A. Strøksnes	*L'art de pêcher un requin géant à bord d'un canot pneumatique*
6474. Aristote	*Est-ce tout naturellement qu'on devient heureux ?*
6475. Jonathan Swift	*Résolutions pour quand je vieillirai et autres pensées sur divers sujets*
6476. Yājñavalkya	*Âme et corps*
6477. Anonyme	*Livre de la Sagesse*
6478. Maurice Blanchot	*Mai 68, révolution par l'idée*
6479. Collectif	*Commémorer Mai 68 ?*

6480. Bruno Le Maire — *À nos enfants*
6481. Nathacha Appanah — *Tropique de la violence*
6482. Erri De Luca — *Le plus et le moins*
6483. Laurent Demoulin — *Robinson*
6484. Jean-Paul Didierlaurent — *Macadam*
6485. Witold Gombrowicz — *Kronos*
6486. Jonathan Coe — *Numéro 11*
6487. Ernest Hemingway — *Le vieil homme et la mer*
6488. Joseph Kessel — *Première Guerre mondiale*
6489. Gilles Leroy — *Dans les westerns*
6490. Arto Paasilinna — *Le dentier du maréchal, madame Volotinen et autres curiosités*
6491. Marie Sizun — *La gouvernante suédoise*
6492. Leïla Slimani — *Chanson douce*
6493. Jean-Jacques Rousseau — *Lettres sur la botanique*
6494. Giovanni Verga — *La Louve et autres récits de Sicile*
6495. Raymond Chandler — *Déniche la fille*
6496. Jack London — *Une femme de cran* et autres nouvelles
6497. Vassilis Alexakis — *La clarinette*
6498. Christian Bobin — *Noireclaire*
6499. Jessie Burton — *Les filles au lion*
6500. John Green — *La face cachée de Margo*
6501. Douglas Coupland — *Toutes les familles sont psychotiques*
6502. Elitza Gueorguieva — *Les cosmonautes ne font que passer*
6503. Susan Minot — *Trente filles*
6504. Pierre-Etienne Musson — *Un si joli mois d'août*
6505. Amos Oz — *Judas*
6506. Jean-François Roseau — *La chute d'Icare*
6507. Jean-Marie Rouart — *Une jeunesse perdue*
6508. Nina Yargekov — *Double nationalité*
6509. Fawzia Zouari — *Le corps de ma mère*
6510. Virginia Woolf — *Orlando*

6511.	François Bégaudeau	*Molécules*
6512.	Élisa Shua Dusapin	*Hiver à Sokcho*
6513.	Hubert Haddad	*Corps désirable*
6514.	Nathan Hill	*Les fantômes du vieux pays*
6515.	Marcus Malte	*Le garçon*
6516.	Yasmina Reza	*Babylone*
6517.	Jón Kalman Stefánsson	*À la mesure de l'univers*
6518.	Fabienne Thomas	*L'enfant roman*
6519.	Aurélien Bellanger	*Le Grand Paris*
6520.	Raphaël Haroche	*Retourner à la mer*
6521.	Angela Huth	*La vie rêvée de Virginia Fly*
6522.	Marco Magini	*Comme si j'étais seul*
6523.	Akira Mizubayashi	*Un amour de Mille-Ans*
6524.	Valérie Mréjen	*Troisième Personne*
6525.	Pascal Quignard	*Les Larmes*
6526.	Jean-Christophe Rufin	*Le tour du monde du roi Zibeline*
6527.	Zeruya Shalev	*Douleur*
6528.	Michel Déon	*Un citron de Limone* suivi d'*Oublie...*
6529.	Pierre Raufast	*La baleine thébaïde*
6530.	François Garde	*Petit éloge de l'outre-mer*
6531.	Didier Pourquery	*Petit éloge du jazz*
6532.	Patti Smith	*« Rien que des gamins ». Extraits de Just Kids*
6533.	Anthony Trollope	*Le Directeur*
6534.	Laura Alcoba	*La danse de l'araignée*
6535.	Pierric Bailly	*L'homme des bois*
6536.	Michel Canesi et Jamil Rahmani	*Alger sans Mozart*
6537.	Philippe Djian	*Marlène*
6538.	Nicolas Fargues et Iegor Gran	*Écrire à l'élastique*
6539.	Stéphanie Kalfon	*Les parapluies d'Erik Satie*
6540.	Vénus Khoury-Ghata	*L'adieu à la femme rouge*
6541.	Philippe Labro	*Ma mère, cette inconnue*
6542.	Hisham Matar	*La terre qui les sépare*
6543.	Ludovic Roubaudi	*Camille et Merveille*
6544.	Elena Ferrante	*L'amie prodigieuse (série tv)*

6545. Philippe Sollers — *Beauté*
6546. Barack Obama — *Discours choisis*
6547. René Descartes — *Correspondance avec Élisabeth de Bohême et Christine de Suède*
6548. Dante — *Je cherchais ma consolation sur la terre...*
6549. Olympe de Gouges — *Lettre au peuple et autres textes*
6550. Saint François de Sales — *De la modestie et autres entretiens spirituels*
6551. Tchouang-tseu — *Joie suprême et autres textes*
6552. Sawako Ariyoshi — *Les dames de Kimoto*
6553. Salim Bachi — *Dieu, Allah, moi et les autres*
6554. Italo Calvino — *La route de San Giovanni*
6555. Italo Calvino — *Leçons américaines*
6556. Denis Diderot — *Histoire de Mme de La Pommeraye* précédé de l'essai *Sur les femmes.*
6557. Amandine Dhée — *La femme brouillon*
6558. Pierre Jourde — *Winter is coming*
6559. Philippe Le Guillou — *Novembre*
6560. François Mitterrand — *Lettres à Anne. 1962-1995. Choix*
6561. Pénélope Bagieu — *Culottées Livre I – Partie 1. Des femmes qui ne font que ce qu'elles veulent*
6562. Pénélope Bagieu — *Culottées Livre I – Partie 2. Des femmes qui ne font que ce qu'elles veulent*
6563. Jean Giono — *Refus d'obéissance*
6564. Ivan Tourguéniev — *Les Eaux tranquilles*
6565. Victor Hugo — *William Shakespeare*
6566. Collectif — *Déclaration universelle des droits de l'homme*
6567. Collectif — *Bonne année ! 10 réveillons littéraires*
6568. Pierre Adrian — *Des âmes simples*

6569.	Muriel Barbery	*La vie des elfes*
6570.	Camille Laurens	*La petite danseuse de quatorze ans*
6571.	Erri De Luca	*La nature exposée*
6572.	Elena Ferrante	*L'enfant perdue. L'amie prodigieuse IV*
6573.	René Frégni	*Les vivants au prix des morts*
6574.	Karl Ove Knausgaard	*Aux confins du monde. Mon combat IV*
6575.	Nina Leger	*Mise en pièces*
6576.	Christophe Ono-dit-Biot	*Croire au merveilleux*
6577.	Graham Swift	*Le dimanche des mères*
6578.	Sophie Van der Linden	*De terre et de mer*
6579.	Honoré de Balzac	*La Vendetta*
6580.	Antoine Bello	*Manikin 100*
6581.	Ian McEwan	*Mon roman pourpre aux pages parfumées* et autres nouvelles
6582.	Irène Némirovsky	*Film parlé*
6583.	Jean-Baptiste Andrea	*Ma reine*
6584.	Mikhaïl Boulgakov	*Le Maître et Marguerite*
6585.	Georges Bernanos	*Sous le soleil de Satan*
6586.	Stefan Zweig	*Nouvelle du jeu d'échecs*
6587.	Fédor Dostoïevski	*Le Joueur*
6588.	Alexandre Pouchkine	*La Dame de pique*
6589.	Edgar Allan Poe	*Le Joueur d'échecs de Maelzel*
6590.	Jules Barbey d'Aurevilly	*Le Dessous de cartes d'une partie de whist*
6592.	Antoine Bello	*L'homme qui s'envola*
6593.	François-Henri Désérable	*Un certain M. Piekielny*
6594.	Dario Franceschini	*Ailleurs*
6595.	Pascal Quignard	*Dans ce jardin qu'on aimait*
6596.	Meir Shalev	*Un fusil, une vache, un arbre et une femme*
6597.	Sylvain Tesson	*Sur les chemins noirs*
6598.	Frédéric Verger	*Les rêveuses*
6599.	John Edgar Wideman	*Écrire pour sauver une vie. Le dossier Louis Till*
6600.	John Edgar Wideman	*La trilogie de Homewood*

Composition Nord Compo
Impression Maury Imprimeur
45330 Malesherbes
le 25 juin 2019
Dépôt légal : juin 2019
Numéro d'imprimeur : 238595

ISBN 978-2-07-285912-0. / Imprimé en France.

356338